Projekt Bodysnatch

Ein junger Mann verschwindet - oder doch nicht?
Adam Starck und seine Partnerin Lizzie Schmidt suchen
einen Systemadministrator und stoßen auf ein geniales
Verbrechen.

Bei der Eröffnungsfeier der Detektei Adam Starck & Partner
wird Lizzie von ihrer Freundin Annabel Blum angespro-
chen: Ihr Kollege, der Systemadministrator Daniel Caldera,
verhält sich in letzter Zeit eigenartig.
Daniel arbeitet im Homeoffice und erledigt seinen Job ta-
dellos. Er antwortet auf E-Mails und Chatnachrichten, aber
telefonisch und persönlich ist er für Annabel nicht mehr zu
erreichen. Sie hat den Eindruck, dass er sich verändert hat,
und macht sich Sorgen um ihn.
Da die Detektei sowieso noch keinen Auftrag hat und um
Annabel einen Gefallen zu tun, beginnt Lizzie nachzufor-
schen. Adam indessen glaubt an einen Fall von Ghosting
und verschmähter Liebe. Er nimmt Annabel nicht ernst.
Doch schon sehr bald wird ihm klar, wie ernst die Angele-
genheit ist und dass Lizzie und er selbst in Gefahr sind ...

J. H. Willem lebt in Hamburg und ist neben seiner Tätigkeit
als Autor Unternehmensberater zum Thema Cloud Com-
puting. Seine Freizeit verbringt er am liebsten mit seiner
Frau auf einem Segelboot auf der Ostsee. Die Idee zur Kurz-
romanserie Adam Starck entstand aus der Beschäftigung
mit Heftromanen und der Begeisterung für gut gemachte
Fernsehserien – der Autor ist bekennender Binge-Watcher.

Kriminalroman

Projekt Bodysnatch

Der zweite Fall für Adam Starck & Partner

J. H. Willem

Impressum

Projekt Bodysnatch

Der zweite Fall für Adam Starck & Partner

2.2 - April 2023

Copyright © 2022 J. H. Willem

Herstellung und Verlag:

BoD – Books on Demand, Norderstedt

ISBN: 978-3-73476-918-4

Kontakt:

www.adamstarck.net

E-mail: info@adamstarck.net

Verantwortlich:

Jörg Rutzenhöfer

Scheideweg 44a

20253 Hamburg

Covergestaltung:

cck print media GmbH

www.cck-print-media.de

Coverfoto:

Pixabay pixabay.com

Was bisher geschah . . .

Adam Starck ist ein ehemaliger Kriminalhauptkommissar, er lebt in einer kleinen Mietwohnung im Westen Hamburgs. Vor etwa sechs Monaten war bei einem heftigen Schusswechsel im Luxusrestaurant Epicure seine damalige Dienstpartnerin erschossen worden. Die genauen Umstände der Schießerei konnten nie aufgeklärt werden. Bekannt ist nur, dass zur gleichen Zeit ein geheimnisvolles Treffen von Geschäftsleuten im Restaurant stattgefunden hatte. Allerdings konnte keiner der Teilnehmer je identifiziert werden.

Angesichts der schleppenden Untersuchungen hatte Adam den Verdacht gehabt, dass auch Führungspersonal der Polizei in den Fall verwickelt gewesen war. Er hatte auf eigene Faust ermittelt und war deshalb heftigen Anfeindungen ausgesetzt gewesen, vor allem durch seinen Vorgesetzten, Kriminaloberrat Karl Lehmann, und seinen Kollegen, Kriminalhauptkommissar Claus Edmond. Der Konflikt war eskaliert und hatte zu Adams Zwangspensionierung geführt.

Wenige Wochen danach, Adam hatte gerade angefangen sich an sein neues Leben als Frühpensionär zu gewöhnen, entdeckte er zusammen mit seiner

Nachbarin, der IT-Sicherheitsexpertin Lizzie Schmidt, eine Leiche. Ihr Nachbar, Eddie Wilkens, ein Student, lag tot in seiner Wohnung, offenbar Opfer eines Gewaltverbrechens.

Die Polizei nahm sofort einen missglückten Einbruch an und betrachtete den Fall schnell als abgeschlossen. Zu schnell, nach Adams und Lizzies Ansicht. Sie begannen eigene Nachforschungen und stießen auf den einflussreichen Geschäftsmann Alfred Ophoven, der offenbar sowohl mit dem Fall Eddie Wilkens als auch mit der Schießerei im Epicure in Verbindung stand.

Adam und Lizzie fanden heraus, dass Eddie kein harmloser Student war, sondern Teil eines internationalen Netzwerks von Geldkurieren, die illegale Transaktionen in Bitcoin abwickelten. Nachdem sie unter Lebensgefahr den Fall aufgeklärt hatten, wurden die wahren Hintergründe von der Polizei vertuscht. Ophovens Rolle blieb im Dunkeln.

In Eddies Sachen hatte Lizzie einen USB-Stick mit einer größeren Menge von Bitcoins gefunden, die offenbar niemand vermisste. Adam und Lizzie verwendeten das Geld als Startkapital für die Gründung ihrer eigenen Detektei: Adam Starck & Partner.

»Ich weiß, wie Eier schmecken, natürlich«,
sagte Alice, die ein sehr aufrichtiges Kind
war; »aber kleine Mädchen essen genauso
oft Eier wie Schlangen, weißt du?«

»Das glaube ich nicht«, sagte die Taube;
»aber wenn sie das tun, dann bist du eben
auch eine Art Schlange, mehr kann ich da-
zu nicht sagen.«

Lewis Caroll

1

Daniel Caldera blinzelte in die Mittagssonne, als er aus dem südwestlichen Ausgang des Dammtorbahnhofs trat. Anfang März hatte die Sonne schon Kraft, stand aber mittags noch tief. Er öffnete mit einer Hand umständlich das Schloss an seinem Rennrad, während er mit der anderen einen großen Kaffeebecher und ein Sandwich balancierte, das er sich eben zur Mittagspause geholt hatte. Dann schob er gemächlich sein Rad zu Planten un Blomen, wo er sich auf eine Bank in der Sonne setzte. Er begann sein Sandwich zu verzehren und las dabei auf seinem Handy.

»Hallo, kannst du mir helfen?«

Daniel schrak auf und hätte sich fast verschluckt. Vor ihm stand eine junge Frau, Mitte zwanzig. Sie sah ihn freundlich an, hielt den Kopf leicht zur Seite geneigt und warf dabei ihre langen blonden Haare über ihre Schulter nach hinten.

Daniel lächelte sie an. »Ganz bestimmt sogar, aber ich geb dir nichts von meinem Sandwich ab.«

»Das würde ich auch nie von dir verlangen«, sagte sie und funkelte ihn mit großen, blauen Augen an. »Obwohl es zum Anbeißen aussieht.«

»Na dann ist ja alles prima. Was kann ich denn für dich tun?«

»Also, ich habe gleich ein Vorstellungsgespräch, das muss ganz in der Nähe sein, aber ich finde die Firma nicht. Warte mal, ich zeig's dir.« Sie packte ihr Handy aus und setzte sich neben Daniel. Dabei rückte sie nahe an ihn heran und schlug ihre langen Beine übereinander.

Daniel atmete tief ein. Sie wischte ein paar Mal auf ihrem Handy, und als sie die Adresse gefunden hatte, lehnte sie sich zu ihm, um sie ihm zu zeigen. Sie duftete nach teurem Parfum. Ihre Haare fielen ihr ins Gesicht. Mit einer Handbewegung strich sie sie beiseite und warf sie mit einer leichten Drehung ihres Kopfes über ihre Schulter.

»Oh, wie ungeschickt von mir.« Mit einer schnellen Bewegung fing sie Daniels Kaffeebecher, der zwischen ihnen gestanden hatte, auf. »Jetzt hätte ich beinahe deinen Kaffee verschüttet.«

»Vorsicht!«, rief Daniel und rückte ein wenig von ihr ab.

»Alles gut, hab ihn«, sagte sie und legte ihre Hand auf Daniels Arm. »Nichts passiert.«

Daniel war wie elektrisiert von ihrer Berührung. Er sah ihr fasziniert in die Augen. »Ich heiße übrigens Daniel, Daniel Caldera.«

»Ich bin Tessa. Schön dich kennenzulernen. Ich bin gerade hergezogen und kenne noch niemanden. Du lebst bestimmt schon lange in Hamburg, nicht wahr?

Eine wunderbare Stadt. Ich wollte schon immer hierher kommen.«

»Die schönste Stadt der Welt, sagen die Hamburger. Ich bin erst seit ein paar Jahren hier. Eigentlich komme ich aus Portugal, aus einem kleinen Dorf an der Küste. Aber der Job hat mich hierher verschlagen. Zuhause gibt's nicht so viel zu tun für IT Spezialisten.«

»Scheint auf jeden Fall kein schlechter Job zu sein, wenn man im Park in der Sonne sitzen und Kaffee trinken kann.«

Daniel nahm schmunzelnd seinen Becher und trank einen Schluck. »Ja und nein. Ich bin seit zwei Jahren im Home-Office. Und solange ich meinen Job gut mache, interessiert sich niemand dafür, wann und wie viel ich arbeite. Und mein Chef, der versteht sowieso nicht, was ich eigentlich mache. Der ist zufrieden, wenn sich keiner beschwert. Also kann ich mich bei schönem Wetter durchaus mal zwei Stunden in die Sonne setzen.« Daniel grinste und nahm noch einen Schluck von seinem Kaffee. »Ich bin Systemadministrator in einer großen Firma, der Guru vom Dienst, sozusagen.« Daniel schnitt eine Grimasse und winkte scherzhaft mit beiden Händen.

»So, so«, erwiderte Tessa. »Kaum bin ich in Hamburg, lerne ich gleich einen Guru kennen. Das klingt ja wahnsinnig aufregend. Aber ich muss jetzt erst mal meinen hoffentlich neuen Arbeitgeber finden. Sag mal, ist alles okay mit dir? Du bist plötzlich etwas blass.«

»Alles gut, mir ist nur ein wenig schwindlig, aber das

geht bestimmt gleich vorbei. Wahrscheinlich habe ich heute zu viel Kaffee getrunken.« Daniel wischte sich mit der Hand einige Schweißperlen von der Stirn.

»Oder mit deinem Sandwich war etwas nicht in Ordnung. Soll ich dich irgendwo hinbringen? Vielleicht ist das eine Lebensmittelvergiftung, damit ist nicht zu spaßen.«

»Nein, nein, alles bestens. Ich … ich … ich weiß nicht …«

»Los, lass uns mal aufstehen, vielleicht wird's dann besser.« Tessa nahm Daniel unter den Arm und half ihm hoch. »Na siehst du, geht doch.«

»Wo gehen wir hin?«

»Wir gehen nur ein paar Schritte, damit dein Kreislauf wieder in Gang kommt. Leg deinen Arm um meine Schulter. So ist's gut.«

»Was machen all die Leute hier. Warum haben die's so eilig? Wo wollen die alle hin? Und wo ist überhaupt mein Sandwich?«

»Daniel, dir geht's gar nicht gut. Ich glaube, ich bringe dich zu einem Arzt. Mein Auto steht zum Glück gleich um die Ecke.«

»Wir können auch mein Fahrrad nehmen. Wo ist mein Fahrrad. Lass uns zum Arzt fahren.«

Schließlich standen sie vor einer schwarzen Limousine mit getönten Scheiben. Ein dunkel gekleideter, grimmig aussehender Mann Ende 40 mit Glatze und Henriquatre-Bart stieg aus der Fahrertür. Er nickte Tessa wortlos zu und öffnete die hintere, rechte Tür. Er sah sich um und schob Daniel wortlos in den Wagen. Ein anderer Mann, jünger als der erste und ebenfalls dunkel gekleidet, mit breitem Kinn, kantigen Gesichtszügen und einem militärisch kurzen Stoppelhaarschnitt, saß bereits auf dem Rücksitz und nahm Daniel in Empfang.

»Hallo Herr Doktor, mir geht's gar nicht gut«, lallte Daniel. »Wo ist Tessa? Hallo Tessa, wo bist du? Ich liebe dich!«

»Nun setz dich mal schön hin«, sagte der Mann auf dem Rücksitz. »Ich habe hier eine Wundermedizin für dich.« »Ich brauche keine Medizin«, sagte Daniel und versuchte auszusteigen.

»Ganz ruhig. Du musst keine Angst haben, nur kleiner Piks und dann geht's dir gleich wieder gut. Und dann kommt die liebe Tessa wieder zu dir. Schön stillhalten!« Dann drückte er ihm eine Spritze in den Arm.

Daniel entspannte sich sofort. »Danke, Herr Doktor«, nuschelte er und sackte in sich zusammen.

Tessa ließ sich auf den Beifahrersitz fallen. Mit einer routinierten Bewegung band sie sich die Haare zu einem Pferdeschwanz und setzte ein schwarzes Basecap und eine Sonnenbrille auf.

Der Bärtige setzte sich wieder auf den Fahrersitz. Tessa wählte eine Nummer auf ihrem Handy, und als abgenommen wurde, sagte sie kurz: »Erledigt, wir haben ihn.« Sie legte ohne weiteren Kommentar auf.

»Na endlich hält er die Klappe« zischte sie. »Fahr schon los, oder willst du hier Wurzeln schlagen?«

Wenige Minuten später war Daniels Fahrrad verschwunden. Einige Tauben balgten sich um die Reste seines Sandwiches. Ein altes Ehepaar setzte sich auf die Bank. Kopfschüttelnd warf der Mann den halbvollen Kaffeebecher in den Papierkorb. Das winzige Loch, das die Injektionsnadel im Deckel hinterlassen hatte, fiel ihm nicht auf.

2

»Und du bist jetzt ein richtiger, echter Privatdetektiv? So wie Sherlock Holmes? Und Lizzie ist Doktor Watson?«

»Nun lass doch Adam mal Luft holen!« Timmys Mutter, eine Nachbarin von Adam und Lizzie, versuchte, sich das Lachen zu verkneifen.

»Und hast du auch eine Lupe und eine Pfeife und so eine komische karierte Mütze?« Der Fünfjährige gab nicht auf.

»Aber ja, natürlich sind wir echte Detektive, Lizzie und ich. Wir sind sozusagen beide Sherlock Holmes«, erklärte Adam mit ernster Mine. »Wir haben eine echte Lizenz und verfolgen jetzt böse Jungs ... «

»Und Mädchen«, warf Timmy ein.

»Ja, die natürlich auch«, Adam nickte lachend. »Und wenn du groß bist, kannst du bei uns als Doktor Watson anfangen. Wie findest du denn unser neues Büro?«

»Supertoll. Am besten ist dein Sessel, der schaukelt so schön, und man kann damit Karussellfahren, und der große Tisch da drüben mit dem Essen und den Süßigkeiten, der ist auch am besten.«

»Na, dann lauf mal los und hol dir welche, die gibt's

nur heute zur Eröffnung«, sagte Adam. »Beeil dich, bevor dir die Leute alles wegessen!«

Während Timmy seine Mutter zum Buffet schleifte, betrat Claire Muller das Büro, Adams ehemalige Kollegin bei der Kriminalpolizei. Adam ging strahlend auf sie zu.

»Claire, schön, dass du kommen konntest«, begrüßte er sie und nahm ihr den Mantel ab.

»Na hör mal, das lasse ich mir nicht entgehen: Adam Starck wird offiziell Privatdetektiv. Das ist die Sensation im Kommissariat.«

»Nicht schlecht, oder? Ich wette, Lehmann und Edmond suchen schon nach Ideen, um uns das Leben schwer zu machen.«

»Und ihnen fällt bestimmt was ein«, sagte Claire, »sei dir da mal sicher.«

»Kreativ sind sie ja. Ich fand übrigens, das war eine echte Meisterleistung, wie sie den Fall Eddie Wilkens in der Presse verdreht haben.«

»Ja, wir waren auch alle sehr beeindruckt. Lehmann hat uns was von Sachzwängen, politischen Notwendigkeiten und Weisungen von allerhöchster Stelle erzählt. Und er hat uns sehr deutlich gemacht, dass er keine weitere Diskussion über den Fall wünscht.«

»Könnte ja unangenehm für seinen Golfspezi Alfred Ophoven werden.«

»Vermutlich. Der ist übrigens ein ziemlich einflussreicher Strippenzieher. Mich wundert, dass wir nicht schon früher über ihn gestolpert sind. Scheint sich im

Hintergrund am wohlsten zu fühlen.«

»Und natürlich schlucken das wieder alle«, Adam schüttelte den Kopf.

»Hallo Claire, wie schön, dass du da bist.« Lizzie stürmte aus der Menge auf Claire zu und umarmte sie.

»Herzlichen Glückwunsch zur Gründung eurer Detektei«, rief Claire. »Ich habe euch was mitgebracht.« Claire zog ein kleines, in Seidenpapier verpacktes Paket aus ihrer Handtasche und drückte es Lizzie in die Hand. Lizzie öffnete es vorsichtig, zum Vorschein kam ein kunstvoll mit japanischen Schriftzeichen und Ornamenten besticktes Stoffsäckchen.

»Das ist ein Omamori, ein japanischer Glücksbringer. Kommt aus einem Tempel in Kyoto, hab ich von meiner Japanreise letztes Jahr mitgebracht. Das bringt euch Glück und Erfolg für eure Detektei. Und ihr dürft auf gar keinen Fall das Säckchen öffnen, sonst wirkt es nicht mehr.«

»Das ist ja großartig, vielen Dank«, sagte Lizzie, »das bekommt einen Ehrenplatz im Besprechungsraum. Ich wollte schon immer mal nach Japan, da sollen ja hervorragende Kriminalisten herkommen. Komm mit, ich zeig dir das Büro.«

Die Räume lagen in einem ehemaligen Industriegebäude in der Lagerstraße, mitten im Schanzenviertel. Direkt unter ihnen war ein spanischer Lebensmittelmarkt. Die Detektei bestand hauptsächlich aus zwei großzügigen Büros, je eines für Adam und Lizzie. Beide waren schlicht aber geschmackvoll eingerichtet.

Daneben gab es noch zwei kleinere Räume, die für ein Sekretariat und als Bedarfsbüro vorgesehen waren. Außerdem gab es einen großen Besprechungsraum, in dem das Buffet aufgebaut war. Alles war frisch renoviert.

»Verhungern werden wir hier nicht«, schwärmte Lizzie und zeigte auf den Fresskorb, den Don Pablo de la Fuente, der schrullige Eigentümer des Ladens ihnen zum Einzug geschenkt hatte.

»Nicht schlecht«, sagte Claire, als sie in Adams Büro standen, »hier würde ich mich auch wohlfühlen.«

»Also, wenn du Interesse hast ...«

»Nee, lass mal. Noch kann ich's bei der Behörde ganz gut aushalten«, grinste Claire. »Aber sag mal, das muss doch ganz schön teuer gewesen sein, das hier einzurichten.«

»Na ja, schon ein wenig«, antwortete Lizzie, »aber – ähm – wir haben unsere Ersparnisse zusammengelegt und noch etwas von der Bank dazubekommen, dann ging das schon.« Lizzie nestelte an den Blumen, die auf dem Beistelltisch standen. »Komm mit, ich zeige dir mein Büro.«

Claire hatte eigentlich erwartet, dass in Lizzies Büro alles voller Computer stehen würde. Stattdessen sah sie nur einen großen Monitor, einen Laptop und eine Tastatur auf ihrem Schreibtisch.

»Ich dachte immer, ihr Computerleute habt mindestens fünf Rechner unter dem Schreibtisch und jede Menge Kabelsalat an eurem Arbeitsplatz.«

»Kabelsalat war gestern«, sagte Lizzie. »Heute ist alles in der Cloud. Wenn ich ein paar zusätzliche Computer brauche, dann miete ich sie mir einfach stundenweise in einem Rechenzentrum.«

»Äh – ja, klar. Und meinst du, das klappt mit Adam und dir?«, fragte Claire unvermittelt. »Immerhin ist er ein wenig eigenwillig.«

»Das bin ich auch, wir werden uns schon zusammenraufen.«

»Hier seid ihr.« Adam kam mit Lizzies Freundin Annabel in ihr Büro. »Komm mit Claire, wir holen uns was vom Buffet, ehe nichts mehr da ist. Don Pablo hat großartige Tapas mitgebracht.«

Lizzie blieb mit Annabel zurück. »Geht's dir gut, Annabel? Du scheinst nicht so richtig fröhlich zu sein.«

»Nein, nein, alles okay. Ich will dir jetzt eure Party nicht vermiesen ...«

»Nun komm schon«, drängte Lizzie, »jetzt hast du mich neugierig gemacht.«

»Es ist wegen meinem Kollegen, Daniel.«

»Und was ist mit ihm?«

»Also, wie soll ich sagen? Er ist in letzter Zeit irgendwie komisch, irgendwie anders, ich weiß auch nicht.«

»Annabel, hast du dich etwa in deinen Kollegen verguckt?«

»Ach Quatsch, nein, natürlich nicht. Also Folgendes: Daniel ist einer unserer Systemadministratoren. Er arbeitet als Freiberufler für einen Subunternehmer von QTRON, das ist der Dienstleister, den unsere Firma beauftragt hat ...«

»Oh Mann, mir wird ganz schwindlig«, unterbrach Lizzie mit rollenden Augen.

»Tja, wie das halt so ist heutzutage. Auf jeden Fall arbeitet Daniel immer im Homeoffice. Ich kommuniziere mit ihm meistens per Chat oder E-Mail, manchmal machen wir auch Videokonferenzen. Wir hatten immer ein gutes Verhältnis, fast schon freundschaftlich. Wir sind ab und zu auch mal ein Bier trinken gegangen. Seit ungefähr drei Wochen sind seine Nachrichten aber irgendwie unpersönlich geworden, ganz seltsam. Es war so, als würde er mich von einem Tag auf den anderen nicht mehr kennen. Und ich kriege ihn weder per Videocall noch per Telefon, er reagiert nur noch auf Chats und Mails. Manchmal taucht er noch in großen Videokonferenzen auf, aber du weißt ja selbst, wie das ist, man sieht nur die Bilder und ab und zu kommt mal eine kurze Bemerkung wie ›das sehe ich genauso‹ oder ›das muss ich prüfen‹.« Annabel hob die Schultern. »Also, du kannst mich jetzt für verrückt halten, aber ich habe den Eindruck, dass Daniel nicht mehr derselbe ist.«

»Das hört sich ja an, wie in Body Snatchers, kennst du den Film? So ein alter Klassiker aus den Neunzigern. Vielleicht wurde ja sein Körper von Außerirdischen übernommen.« Lizzie konnte sich ein Grinsen nicht verkneifen.

»Nein, Lizzie, ich kenne den Film nicht. Und das ist auch nicht witzig. Ich mache mir ehrlich Sorgen. Ich habe sogar schon mal versucht, bei ihm zuhause vorbeizuschauen, aber da macht keiner auf, die

Fenster sind dunkel und die Nachbarn haben ihn auch lange nicht mehr gesehen.«

»Schon gut, entschuldige bitte. Also vielleicht könnte ich …«

»Los kommt mit, Adam will eine Rede halten.« Der kleine Timmy stürmte in den Raum und nahm beide an den Händen. »Los beeilt euch, ihr müsst unbedingt dabei sein.«

Lizzie und Annabel sahen sich an. »Lass uns später reden«, sagte Lizzie, während Timmy die beiden in den Besprechungsraum zog, wo sich schon etwa zwanzig Gäste versammelt hatten und fröhlich schwatzten. Adam stand in der Mitte der Raumes mit einem Sektglas in der Hand und einer Deerstalker-Mütze auf dem Kopf, die ihm wohl irgendjemand mitgebracht hatte.

3

Am Morgen nach der Party kam Adam pünktlich um acht Uhr ins Büro, allerdings etwas übermüdet und mit Kopfschmerzen. Lizzie saß bereits an ihrem Schreibtisch, hatte ein Headset auf und telefonierte auf Englisch. Sie winkte ihm gutgelaunt zu und vertiefte sich gleich wieder in ihre Arbeit. Der gestrige Abend hatte ihr anscheinend nichts anhaben können. Sie war vermutlich mit einem ihrer speziellen Kunden, wie sie sie nannte, beschäftigt. Er hatte sie schon einige Male gefragt, was sie da eigentlich mache. Beratung, hatte sie geantwortet und dann noch etwas Computerchinesisch gebrabbelt, von dem er kein Wort verstanden hatte. Ansonsten war sie, ganz entgegen ihrer Art, sehr wortkarg geblieben. Adam blieb jedes Mal mit einem mulmigen Gefühl zurück. Ihre Fähigkeiten waren beeindruckend, aber er wusste, dass sie sich aufgrund ihrer Tätigkeit gelegentlich in rechtlichen Graubereichen bewegte. Er konnte nur hoffen, dass sie keine Risiken für die Detektei einging.

Was soll's, sie wird wissen, was sie tut, dachte Adam und nahm sich eine Tasse Kaffee. Dann machte er einen kleinen Rundgang durch die Räumlichkeiten und räumte letzte Hinterlassenschaften der gestrigen Feier weg. Die Deerstalker-Mütze hängte er sorgfältig an den Kleiderständer neben der Eingangstür, etwas Sherlock-Holmes-Flair konnte in einer Detektei nicht schaden.

Wieder in seinem Büro angekommen, setzte er sich an seinen Schreibtisch. Er stellte den Stuhl ein, rückte Tastatur und Monitor zurecht, verschob die Stiftebox und strich dann zufrieden mit beiden Händen über die Schreibtischplatte aus Birnenholz. Der erste Schritt war gemacht. Sie hatten eine offizielle Detektei, Adam Starck & Partner. Sie hatten ein schickes Büro in einer guten Lage und sogar eine Website. Was jetzt noch fehlte, waren lukrative Fälle. Die nächsten Tage würden sie mit Akquise, mit Telefonanrufen und Klinkenputzen verbringen. Die langweilige B-Seite des Detektivgeschäfts.

»Na, Jetlag?«, begrüßte Lizzie ihn, als sie mit einem Becher Kaffee in sein Büro trat. Sie ließ sich auf das Sofa in Adams Sitzecke fallen. Sie trug enge, schwarze Jeans mit etlichen Löchern, eine alte Motorradjacke, bunte Stiefel und ein ausgewaschenes T-Shirt mit dem Konterfei irgendeiner Punk-Größe. Ihre blonden Haare standen in alle Richtungen und waren mit bunten Strähnen verziert. Mit ihrem Outfit hätte ein Besucher sie für eine Verdächtige in einem Fall von Ladendiebstahl gehalten, aber nicht für eine gefragte IT-Sicherheitsexpertin und Mitinhaberin eines Detektivbüros.

»Nicht der Rede wert«, antwortete Adam. »Aber war doch eine nette Party, gestern Abend, nicht wahr?«

»Ja, allerdings. Ich habe sogar von den Immobilienleuten nebenan die Telefonnummer eines Installateurs bekommen, der vielleicht unsere Hilfe braucht. Probleme mit Kupferdieben auf einer großen Baustelle. Könnte unser erster Fall werden, ich rufe den nachher mal an.«

»Prima, das wär doch was. Nicht besonders aufregend, aber immerhin rechtschaffene Detektivarbeit.« Adam lehnte sich zurück. »Sag mal, was war das gestern eigentlich mit Annabel. Die sah ein wenig nervös aus, nachdem du mit ihr gesprochen hattest. Und sie ist erstaunlich früh gegangen.«

»Dem Meisterdetektiv bleibt nichts verborgen.« Lizzie grinste. »Aber du hast Recht, sie hat tatsächlich ein Problem.« Dann erzählte Lizzie Adam in allen Details von ihrem Gespräch mit Annabel.

»Also, ich will dir und deiner Freundin ja nicht zu nahe treten, aber das hört sich an, als wäre Annabel schwer verliebt in Daniel Caldera und dieser etwas genervt von ihr. Vielleicht ist das nur ein Fall von Ghosting, wie man das heute so nennt. Wahrscheinlich will er einfach nichts mit ihr zu tun haben und geht ihr aus dem Weg.«

»Habe ich auch schon gedacht, aber ich kenne Annabel seit der Schulzeit. Sie hat ein eher lockeres Verhältnis zur Männerwelt. Sie würde nie einem Typen hinterherlaufen, schon gar nicht einem, der nichts von ihr wissen will. Und erst recht keinem Arbeitskollegen.«

»Was genau macht sie eigentlich beruflich? Was ist das für eine Firma, in der Daniel und sie arbeiten?«

»Sie arbeiten für die ITAS, International Tax Advisory Services Ltd. Das ist eine ziemlich große, internationale Steuerberater- und Wirtschaftsprüferkanzlei. One of the big four, wie man in der Branche so sagt. Die beiden sind dort in der IT beschäftigt. Annabel ist Projektmanagerin und Daniel ist Systemadministrator. Daniel ist allerdings nicht festangestellt, sondern arbeitet in einem Konstrukt von Sub- und Subsubunternehmen.«

»Das klingt jetzt aber nicht besonders aufregend.«

»Wie man's nimmt. Steuern sind jetzt auch nicht so mein Ding, aber die IT in solchen Firmen kann für Techies schon ziemlich spannend sein. Die sind ständiges Ziel von Hackern und haben entsprechend hohe Sicherheitsanforderungen. Immerhin verarbeiten Steuerberater und Wirtschaftsprüfer allerlei sensible Daten ihrer Mandanten.«

»Na klar, deshalb arbeiten sie ja auch mit Subsubunternehmerkonstrukten«, Adam konnte sich ein Grinsen nicht verkneifen.

»Ist halt auf den ersten Blick billiger. Den meisten Firmenbossen ist gar nicht klar, dass sie damit irgendeinem unbekannten und unterbezahlten Nerd, irgendwo auf der Welt, den Generalschlüssel zu ihrer Firma in die Hand drücken.«

»Und ich dachte immer, diese Firmen wären alle hochgradig gesichert.«

»Sind sie auch, aber eben oft von besagten unterbezahlten Nerds ...« Lizzie wurde nachdenklich. »Annabel hat mich um Hilfe gebeten. Meinst du, ich soll mal recherchieren?«

»Momentan ist es ja noch ganz entspannt hier bei uns«, antwortete Adam. »Mach ruhig, aber vergiss den Installateur nicht! Das könnte zahlende Kundschaft werden.«

»Niemals! Ich rufe jetzt einfach mal Daniel Caldera an, Annabel hat mir seine Nummer gegeben. Darf ich an dein Telefon?« Ohne eine Antwort abzuwarten, stand Lizzie auf, griff sich das Telefon auf Adams Schreibtisch und wählte eine Nummer.

Hallo hier ist Daniel. Gute Nachrichten nach dem ersten Piepton, schlechte nach dem zweiten, tönte es aus dem Telefon, das Lizzie auf Lautsprecher gestellt hatte.

»Hallo Daniel, hier ist Lizzie Schmidt, eine Freundin deiner Kollegin Annabel Blum. Ruf mich doch bitte zurück, die Nummer müsstest du im Display sehen.«

»Eine nette Stimme hat er ja«, sagte Lizzie, »und der leichte Akzent ist schon sehr sexy. Ich könnte schon verstehen, wenn Annabel schwach würde.«

»Vielleicht sollte ich mir auch einen Akzent zulegen und den Anrufbeantworter neu besprechen. Das scheint ja magische Wirkung auf Frauen zu haben.«

»Ich geh zur Abkühlung mal mit dem Installateur telefonieren und recherchiere ein wenig im Internet. Und Italienisch wäre noch besser ...« Lizzie verließ lachend das Büro.

Adam blieb zurück und sah nachdenklich in seine Kaffeetasse. Man durfte als Neuling im Geschäft nicht wählerisch sein. Diebstähle und Beziehungskrisen gehören schließlich zum Detektivalltag. Kann ja nicht jeder gleich wie Sherlock Holmes mit einem besonders verzwickten Fall anfangen.

4

Annabel fuhr wie jeden Morgen gegen halb neun auf den Parkplatz vor dem ITAS Bürogebäude im Hamburger Norden. Der schwarze Büroklotz stand wie ein Fremdkörper inmitten einer Wüste aus Pflastersteinen, die unterbrochen war von schmalen Streifen mit frisch gesätem Rasen und dürren Bäumchen, die noch kein Laub trugen. Ihre Firma war erst im letzten Herbst hier eingezogen. Alles wirkte modern, steril und abweisend, wie frisch aus dem Immobilienprospekt. Sie trauerte noch immer dem gemütlichen, alten Standort in der Innenstadt hinterher. Mit dem Umzug war für sie die altehrwürdige Steuerkanzlei zu einer kalten Effizienzmaschine geworden. Und sie war nur noch ein Rädchen im Getriebe. Sie verriegelte ihr Auto und reihte sich widerwillig in den Strom der ankommenden Kollegen ein.

Man konnte die Mitarbeiter schon an ihrer Kleidung erkennen. Die Anwälte, Steuerberater und Wirtschaftsprüfer kamen in Geschäftskleidung: Frauen im Kostüm und Männer im Anzug. Vorzugsweise grau. Das Fußvolk trug normale Straßenkleidung. Und die Leute mit Designerbrillen, teuren Sneakern aus veganem

Leder und kunstvoll zerrissenen Jeans waren meistens von der IT. Einige besonders hippe Mittdreißiger kamen sogar mit Skateboards zur Arbeit. Als Computerspezialistin hatte man es heute mit Strickpulli, normaler Jeans und klassischen Slippern schwer.

Geduldig absolvierte sie die morgendliche Zugangsprozedur. Kartenleser am Eingang: Piep. Kartenleser im Fahrstuhl: Piep. Kartenleser an der gepanzerten Tür im vierten Stock: Piep. Dummer Spruch von irgendeinem Kollegen, der an der Kaffeeküche stand: »Kannst du vielleicht nächstes Mal deine Kaffeetasse in die Spülmaschine stellen? Ich musste sie schon wieder wegräumen ...«

Sie nickte, lächelte professionell und ging weiter durch das Großraumbüro, das eher wie ein Kindergarten aussah: Farbige Möbel, Sitzbälle, Stofftiere, der unvermeidliche Kicker, Kaffeebecher, jede Menge Laptops mit allen möglichen Aufklebern und dazwischen bunt gekleidete, geschäftig wuselnde Leute aus aller Welt.

Sie wusste, dass der erste Eindruck täuschte. Hier wurde Software auf höchstem Niveau entwickelt. Jedes Mitglied in ihrem Projektteam war hochqualifiziert. Die Verspieltheit war durchaus geplant und Teil der modernen Arbeitsweise von Softwareentwicklungsteams. So konnte man die Kreativität der Mitarbeiter fördern und sie ganz nebenbei zu mehr Einsatz und zu längeren Arbeitszeiten motivieren. Und Sitzbälle waren sogar billiger als ergonomische Bürostühle.

Sie setzte sich an ihren Platz in der Ecke. Als Projektleiterin war sie eine der wenigen auf der Etage, die noch das Privileg eines eigenen Schreibtisches hatten.

»Bist du heute Abend bei der Präsentation dabei?«, fragte Tom, ihr Vorgesetzter, der eben an ihrem Platz vorbei kam.

»Aber klar doch«, antwortete Annabel. »Tom, hast du mal 'ne Minute?«

»Sicher, für dich doch immer.«

»Du kennst doch Daniel Caldera.«

»Der Systemadministrator von QTRON? Klar, der arbeitet schon seit Jahren für uns. Wieso, stimmt was nicht mit ihm?«

»Also, um ehrlich zu sein, ich bin mir nicht ganz sicher. Der kommt mir in letzter Zeit irgendwie seltsam vor. Wir hatten immer ein gutes Verhältnis zueinander. Aber jetzt kriege keinen persönlichen Kontakt mehr zu ihm, und seine Mails und Chatnachrichten sind, na ja, anders als sonst. Als würden sie gar nicht von ihm selbst kommen. Ich mache mir Sorgen um ihn.«

»Na, vielleicht hat er persönliche Probleme, Stress mit der Freundin, ein Todesfall in der Familie, sowas eben. Oder hat er Probleme mit dir? Hattet ihr Streit? Oder hattet ihr was miteinander?«

»Quatsch! Aber ich denke, wenn da etwas nicht stimmt, sollten wir das wissen. Immerhin ist er Systemadministrator und hat praktisch vollen Zugriff auf die ganze Firma. Und er macht einen sehr guten Job, wir hätten ein echtes Problem ohne ihn.«

Tom überlegte. »Ja, aber er ist nicht bei uns angestellt, sondern arbeitet für QTRON. Wir haben einen Vertrag mit denen. Es ist deren Problem, uns einen Systemadministrator zur Verfügung zu stellen. Und solange das Anforderungsprofil erfüllt ist, haben wir kein Recht, uns in deren Personalangelegenheiten einzumischen.«

»Ja, aber das ist nur die eine Seite. Wenn tatsächlich irgendetwas nicht mit ihm stimmt, wenn er in Schwierigkeiten sein sollte oder wenn er erpresst wird, dann ist das auch ein Sicherheitsrisiko für uns.«

»Annabel, ich glaube, du liest zu viele Krimis. Wer sollte wohl Daniel erpressen. Und was meinst du, soll ich jetzt machen. Soll ich zu QTRON gehen und sagen, hört mal, eine unserer Projektleiterinnen hat da so ein Gefühl …? Oder soll ich gleich die Polizei anrufen?«

»Nein, aber ich meine …«

Tom richtete sich auf. »Solange wir kein konkretes Problem haben, kann ich da nichts machen, Annabel. Ich bin mir sicher, da ist nichts. Er hat halt eine schlechte Phase, haben wir alle mal. Ich sehe keinen Grund für uns, uns Sorgen zu machen. Beschäftige du dich mal mit deinem Projekt, wir haben nächste Woche Termin. Und das mit Daniel wird schon wieder. In ein paar Tagen ist er sicher wieder der Alte.«

Tom verließ Annabels Schreibtisch und winkte bereits dem nächsten Mitarbeiter.

»Na klar«, grummelte Annabel. »Das wird sich schon von selbst erledigen.« Sie kniff die Lippen zusammen und sah Tom mit einem Stirnrunzeln hinterher. Dann lehnte sie sich zurück, nahm ihr Handy und wählte Lizzies Nummer.

5

»Hallo Lizzie, hallo Adam. Schön, dass ihr da seid, kommt rein.« Annabel öffnete ihre Wohnungstür mit einem Kochlöffel in der Hand, von dem rote Soße tropfte. »Ich hab uns Spaghetti Bolognese gemacht, die mögt ihr doch? Die mag eigentlich jeder. Geht gleich in die Küche und setzt euch an den Tisch. Ist in einer Minute fertig.«

Adam und Lizzie sahen sich an, Lizzie zuckte mit den Schultern. »Klar, warum nicht. Wir haben noch nichts gegessen.«

Sie folgten Annabel in die Küche. Adam setzte sich an den großen Küchentisch, Lizzie ging direkt an den Herd und sah in die Töpfe. »Sieht gut aus und riecht toll.«

»Sag mal, ist alles in Ordnung mit dir?«, fragte Adam. »Du scheinst – ähm – ein wenig nervös zu sein.«

»Nervös?«, erwiderte Annabel und brach dabei beinahe den Kochlöffel entzwei. »Ich bin nicht nervös, ich bin stinksauer.«

Adam wich zurück. Er fokussierte den Kochlöffel, von dem noch immer Soße tropfte. »Annabel – die Soße da …«

»Darf ich?«, fragte Lizzie und deutete auf die Rotweinflasche und das halbvolle Glas, die neben dem Herd standen. Sie nahm zwei Gläser aus dem Küchenschrank und schenkte für Adam und sich ein. Sie gab Adam ein Glas in die Hand.

»Zum Wohl erst mal«, sagte Lizzie und hob ihr Glas. Nachdem sie einen Schluck getrunken hatten, sagte sie: »So, und jetzt mal eins nach dem anderen. Was ist los, Annabel, warum bist du so sauer? Was ist passiert.«

»Sorry. Tut mir leid, ich ...« Annabel betrachtete den Kochlöffel und steckte ihn dann wieder in den Topf. »Also, nach unserem Gespräch gestern auf der Party habe ich heute Morgen mit meinem Chef gesprochen, Tom Steiner, du kennst ihn ja von meiner Geburtstagsparty.«

»Tom Schleimer, und ob ich den kenne«, sagte Lizzie. »Lass mich raten, er hat dich für bekloppt gehalten.«

»Das kannst du laut sagen. Er hat mich auch gefragt, ob ich was mit Daniel habe. Warum glaubt eigentlich jeder, dass ich Daniel hinterherlaufen würde? Als ob ich eine junge Azubine wäre, die sich in einen Kollegen verknallt und sich wundert, wenn der nichts mehr mit ihr zu tun haben will. Lizzie, du kennst mich seit Jahren: Bin ich so bescheuert? Bin ich eine Stalkerin?«

»Nun mal ganz ruhig«, sagte Adam.

»Drauf geschissen, ganz ruhig.«, explodierte Annabel plötzlich und knallte die flache Hand auf die Tischplatte. »Du hast auch geglaubt, dass ich Daniel hinterherlaufe. So war's doch, gib's doch zu!«

Adam zuckte zusammen und wäre fast von seinem Stuhl gekippt.

»Atmen, Annabel, atmen. Jetzt erzähl doch mal von dem Gespräch mit deinem Chef«, beschwichtigte Lizzie. »Der Wein ist übrigens nicht schlecht, ich hoffe, du hast noch mehr davon da.«

Annabel nahm einen Schluck aus ihrem Glas. Sie sah zuerst Lizzie, dann Adam an. Dann setzte sie sich auf einen Küchenstuhl. »Sorry ihr beiden, ich bin ein wenig durch den Wind. Lasst uns erst mal was essen.«

Lizzie deckte den Tisch und servierte. Beim Essen berichtete Annabel in allen Details von dem Gespräch mit ihrem Chef.

»Weißt du, ich denke, der will einfach keinen Stress haben«, sagte Lizzie. »Stell dir mal vor, er würde tatsächlich davon ausgehen, dass Daniel ein Problem hat. Dann müsste er das seinen Vorgesetzten erklären. Und am Ende würde er genauso dumm dastehen, wie er dich hat aussehen lassen. Irgendeiner würde bestimmt anfangen ›Aber Herr Steiner, die Dame hat sich bestimmt nur in den Systemadministrator verknallt.‹ und so weiter, bla, bla, bla.«

»Wahrscheinlich hast du sogar recht. Wenn Tom sich jetzt aus dem Fenster lehnen würde, um der Sache nachzugehen, dann würde er sich angreifbar machen. Wenn er aber nichts tut, kann er, falls etwas Komisches passiert, immer sagen, er hätte nichts gewusst. Manchmal hasse ich es, in großen Firmen zu arbeiten.« Annabel schenkte sich noch Rotwein nach.

»Der ist wirklich gut«, bemerkte Adam und hielt ihr sein fast leeres Glas hin. »Sag mal, hast du vielleicht einige der Mails ausgedruckt, die du so komisch findest?«

»Noch besser, ich kann mich von hier aus in den Firmenrechner einloggen. Ich zeig euch mal was, einen Moment ...« Annabel stand auf und holte ihren Laptop an den Esstisch.

Lizzie sah sich einige E-Mails und Chatverläufe an. »Das sieht doch alles ganz normal aus.«

»Ja, fast. Aber, du erinnerst dich, Daniel ist Portugiese. Er spricht zwar sehr gut Deutsch, macht aber immer mal wieder einige typische Grammatikfehler, falsche Artikel und so. Und jetzt sieh dir das an: Seit drei Wochen ist alles perfekt, nicht ein einziger Fehler.«

Lizzie scrollte weiter in den Chats. »Und nichts Persönliches mehr. Keine Witzchen, keine Anspielungen. Keine Lästereien mehr über den Chef. Nur noch fokussiert auf die Arbeit. Wie ein Roboter. Genau so wünscht man sich das als Vorgesetzter.«

»Aber ist das denn wirklich ein Problem?«, fragte Adam. »Dann ist halt ein Systemadministrator irgendwie komisch geworden. Aber müssen wird deshalb nervös werden? Sorry, Annabel, aber ich bin mir noch nicht im Klaren darüber, was das jetzt für uns bedeuten soll.«

»Na ja«, antwortete Lizzie. »Daniel ist einer von ganz wenigen Leuten in der ITAS, die Zugriff auf die komplette IT-Infrastruktur haben. Auf wirklich alles. Er kann sich Zugriff auf alle Daten und alle Systeme verschaffen. Und er könnte, wenn er wollte, die Firma mit einigen Mausklicks komplett lahmlegen. Und wenn jemand wie Daniel komisch wird, tja, dann hat Annabels Firma ein Problem. Nur will die Firma das anscheinend nicht wahrhaben.«

Adam sah sie mit großen Augen an. »Ein freier Mitarbeiter einer Fremdfirma hat alle Rechte für die IT der ITAS. Je mehr ich darüber nachdenke, desto mulmiger wird mir dabei.«

»Das ist leider kein Einzelfall«, sagte Lizzie. »So funktioniert das heute. IT muss in großen Firmen vor allem billig sein. Ist ja nicht das Kerngeschäft. Deshalb wird fleißig outgesourced. Man macht monströse Verträge mit mehreren hundert Seiten, die bei genauer Betrachtung das Papier nicht wert sind, auf dem sie geschrieben sind. Die Manager haben Kosten gespart und fühlen sich durch Verträge abgesichert. Die Controller sind glücklich. Aber keiner versteht mehr so richtig, was technisch eigentlich passiert. Und in irgendwelchen schlecht beleuchteten Ecken sitzen dann Nerds wie Daniel und machen hoffentlich keinen Unsinn.«

»Ich seh schon. Ein Administrator, der sich plötzlich seltsam benimmt, könnte tatsächlich zu einem Problem werden«, erwiderte Adam nachdenklich.

»Das ist genau, was ich die ganze Zeit zu erklären versuche. Ich mache mir wirklich Sorgen, und ich habe keine Idee, was ich noch tun könnte.« Annabel sah abwechselnd Lizzie und Adam an.

Adam stand auf und sah durch die geöffnete Balkon-
tür hinaus. »Sag mal, dieser Typ, der da unten an der
Ecke steht und telefoniert. Kennst du den? Wohnt der
hier in der Gegend?«

Lizzie und Annabel traten neben ihn. »Nö, noch
nie gesehen«, sagte Annabel. »Sieht aus wie ein Böse-
wicht aus einem James Bond Film. Schwarze Klamotten, Glatze, gepflegter Bart, gut gebaut. Genau mein
Typ, und er guckt so gefährlich. Sehr sexy.«

Plötzlich sah der Mann direkt zu ihnen hoch. Nach
einer Sekunde packte er sein Handy weg und schlenderte gelassen die Straße hinunter, bis er in einer Seitenstraße verschwand.

6

»Auf Wiedersehen, Herr Helmbrecht, wir melden uns dann bei Ihnen.« Lizzie schloss die Tür zur Detektei, nachdem der Installateurmeister sie verlassen hatte. Sie ging noch einmal zurück in den Besprechungsraum, schnappte sich den Berg Unterlagen, den Helmbrecht dagelassen hatte, und ging damit nach nebenan in Adams Büro.

»Na, dann lass uns mal mit unserem ersten offiziellen Fall loslegen«, sagte Adam. »Ich habe das Whiteboard bereits abgewischt.«

Lizzie begann, mit kleinen Magneten Fotos von Baustellen an der Tafel zu befestigen. »Nicht zu glauben, wie dreist diese Kupferdiebe sind. Klauen in der Nacht, was am Tag eingebaut wurde.«

»Und die sind hochprofessionell organisiert.« Adam blätterte in den Unterlagen. »Ich meine, bei den Materialmengen sind das Teams mit mindestens vier Leuten und mit mindestens zwei Fahrzeugen. Die rücken an, bauen in rasendem Tempo Rohrleitungen aus und verschwinden wieder, ohne dass irgendjemand etwas bemerkt. Bei dem Arbeitstempo wären die bestimmt auch als normale Handwerker erfolgreich.«

»Wenn man mal von dem Trümmerfeld absieht, das sie hinterlassen.« Lizzie stand mit etwas Abstand vor dem Whiteboard und betrachtete die Fotos. »Vermutlich gibt's einen Insider auf der Baustelle, der den Dieben Bescheid sagt, wann und wo etwas zu holen ist. Die wussten ja sogar, wo die Überwachungskameras waren.«

Als Lizzie eben weitere Unterlagen sichten wollte, klingelte ihr Handy.

»Oh, hallo Annabel, wie geht's? Annabel, hörst du mich?« Lizzie sah Adam an, stellte ihr Handy auf Lautsprecher und legte es auf Adams Tisch.

»Lizzie, ich glaube, ich werde verfolgt. Lizzie, hilf mir!«

»Nun mal ganz langsam, ich bin hier mit Adam, er hört mit. Wo bist du, Annabel?«

»Ich bin im Auto, bin gerade eben von der Arbeit losgefahren und wollte noch nach Seevetal zu meiner Mutter. Und seit ich den Firmenparkplatz verlassen habe, ist dieser schwarze Wagen hinter mir.«

»Hallo Annabel, hier ist Adam. Was ist das für ein Wagen, kannst du den beschreiben?«

»Schwarzer BMW, riesiger Schlitten. Am Steuer sitzt so ein Glatzkopf mit Bart. Ich glaube, das ist der Typ, den wir gestern Abend gesehen haben.«

»Ist er direkt hinter dir?«

»Mal ja, mal nein, manchmal sind auch ein paar Autos zwischen uns. Dann sehe ich ihn nicht mehr, aber nach einer Weile ist er dann wieder da.«

»Hört sich nach einem Profi an«, sagte Adam.

»Was soll ich denn jetzt machen?« Annabels Stimme aus dem Handy klang zunehmend nervös.

»Fahr mal ein wenig spazieren. Bieg mal in kleine Seitenstraßen ab. Dann werden wir sehen, was er macht. Vielleicht ist es ja Zufall, dass er hinter dir ist.«

»Adam, ich bin nicht blöd, das ist kein Zufall. Der ist schon eine Weile hinter mir. Ich fahre jetzt mal rechts ab und um den Block.«

»Und, was macht er?«, fragte Lizzie nach einigen Sekunden.

»Bleibt hinter mir, ich hab's ja gesagt, der verfolgt mich.«

»Gut, dann such dir doch mal einen Parkplatz, am besten an einer übersichtlichen Stelle. Dort parkst du so, dass du gut wieder wegkommst. Und lass den Motor laufen. Dann werden wir sehen, was er macht. Wenn er sich versteckt, will er wissen, wohin du fährst und sammelt Informationen. Wenn nicht, will er dich einschüchtern. Und wenn er aussteigt und auf dich zu kommt, fahr einfach wieder weg.«

»Da vorne ist ein Baumarkt, da fahre ich mal hin. Adam, ich hab solche Angst.«

»Musst du gar nicht, er will dir nichts tun. Wenn er das wollte, hätte er dich einfach überfallen.«

»Bist du sicher? Du hast gut reden, du wirst ja nicht verfolgt.«

»Glaub mir Annabel, ich bin schon mehr als einmal beschattet worden. Ich kenne das.«

»So, ich bin jetzt auf dem Parkplatz und parke ganz vorne. Er ist hinter mir eingebogen – und er fährt weiter, ganz nach hinten.«

Adam sah Lizzie an. »Er beobachtet. Na, das ist ja schonmal was.«

»Adam, mir reichts, ich hänge den jetzt ab«, rief Annabel hysterisch.

Aus dem Handy waren Geklapper und laute Motorgeräusche zu hören.

»Annabel, was machst du? Wo fährst du jetzt hin?«

Keine Antwort aus dem Handy, sie hörten weiterhin nur Geräusche.

»Annabel, antworte!«, rief Lizzie.

»Ich fahre jetzt auf die Autobahn und flitze dem Typen einfach davon.«

»Annabel, nicht!«

»Ja, da guckst du. Mit deinem Schlachtschiff kommst du einem alten MX-5 nicht so leicht hinterher.«

»Annabel!«

»Ich bin auf der Autobahn und brettere grade runter Richtung Elbtunnel. Im Baustellenverkehr kann ich den gut abhängen und nach dem Tunnel fahre ich wieder von der Autobahn ab. Hoffentlich blitzen die hier nicht.«

»Annabel lass, das hat keinen Sinn und ist viel zu gefährlich.«

»Jetzt ist er weg, ich seh ihn nicht mehr. Halt nein, da, oh nein! Ein Motorrad . . . «

Lizzie und Adam hörten noch ein Krachen, dann

wurde das Telefon stumm. Sie starrten beide auf das Handy. Lizzie setzte sich schließlich auf die Couch. Sie sahen sich ratlos an.

»Adam, da ist was passiert. Ich glaube, Annabel hatte einen Unfall. Was sollen wir jetzt bloß machen?«

»Sieh mal bei Google Maps nach, ob sich ein Stau auf der A7 bildet.«

»Ja, vor dem Elbtunnel ist alles schwarz, der Verkehr steht. Da war wirklich ein Unfall. Wir müssen da sofort hin.«

»Das bringt nichts, wir würden eh nicht durchkommen, und die Rettungskräfte kommen auch ohne uns zurecht. Ich rufe kurz Claire an, die kann rausfinden, was da los ist.«

Adam wählte und stellte das Telefon wieder auf Lautsprecher.

»Hallo Claire, wir brauchen dringend deine Hilfe. Annabel wurde verfolgt und hatte anscheinend einen Autounfall.«

»Die Annabel von eurer Einweihungsfeier? Die Nette? Wieso wird die verfolgt?«

»Lange Geschichte, erkläre ich dir später. Wir hatten sie am Telefon, als sie von einem schwarzen BMW verfolgt wurde. Der Kontakt riss ab, und wir glauben, sie hatte einen Unfall auf der A7 vor dem Elbtunnel. Kannst du mal nachsehen, was da grade los ist?«

»Adam, ich bin nicht euer Verkehrsfunk. Ich habe hier zu tun.«

»Claire, bitte. Wir machen uns Sorgen um Annabel.«

»Ja, schon gut. Ich frage mal die Kollegen vom Verkehr.«

Nach einigen endlosen Minuten Stille war Claire wieder am Telefon. »Hier hab ich was. Seid ihr noch da? Anscheinend ist ein Mazda MX-5 mit stark überhöhter Geschwindigkeit im Baustellenbereich vor dem Elbtunnel unterwegs gewesen und von der Fahrbahn abgekommen. Ist gegen einen Bagger geknallt. Sieht wohl ziemlich übel aus.«

Lizzie hielt sich entsetzt die Hände vor den Mund.

»Und die Fahrerin? Was ist mit der Fahrerin?«

»Ist noch im Wrack eingeklemmt, die Feuerwehr schneidet sie grade raus. Sie ist nicht ansprechbar, aber noch am Leben. Ein Hubschrauber ist unterwegs. Mehr kann ich noch nicht sagen.«

»Danke Claire, ich melde mich.« Adam starrte vor sich hin und legte langsam das Telefon zurück auf den Schreibtisch. Im Büro war es still, nur das Säuseln der Computerlüfter war zu hören.

»Adam, was machen wir jetzt?«, fragte Lizzie schließlich leise.

Adam setzte sich an seinen Schreibtisch und schaukelte mit seinem Sessel. Dann stand er auf. »Annabel wird jetzt erst mal versorgt, da können wir nicht viel machen. Wir kriegen später raus, wohin sie gebracht wird und fahren dann ins Krankenhaus. Inzwischen tun wir das, was Detektive tun: Wir finden raus, was da los ist, und ich weiß auch schon, wo wir anfangen.«

7

Daniel Calderas Wohnung lag im Stadtteil Lokstedt, in einem klassischer Hamburger Rotklinkerbau. Die Adresse hatte Lizzie gestern von Annabel erhalten. Adam und Lizzie sahen sich kurz in der ruhigen Seitenstraße um. Jetzt, am späten Vormittag, waren nur wenige Leute unterwegs, alles war ruhig.

Lizzie drückte den Klingelknopf, ein scheußlicher Ton war bis auf die Straße zu hören.

»Um Himmels willen, das weckt ja Tote auf«, sagte Lizzie.

Als sich nach zwei weiteren Versuchen noch immer nichts rührte, zuckte Lizzie mit den Schultern. »Anscheinend wirklich keiner zuhause. Und wenn ich jetzt nochmal läute, kriege ich Ärger mit den Nachbarn.«

In diesem Moment öffnete sich die Haustür und eine ältere Frau mit einer Einkaufstasche in der Hand trat heraus. »Wollen Sie zu dem Herrn Caldera? Seine Klingel hört man im ganzen Haus. Der ist nicht da.«

»Wissen Sie vielleicht, wann er wieder kommt? Wann können wir ihn denn antreffen?«, fragte Lizzie freundlich.

Sie ging einen Schritt auf Adam zu. »Sind Sie von der

Polizei? Kann ich ihren Ausweis sehen?«

»Nein, nein, Frau ...«

»Kowalski, Elsa Kowalski. Ich bin hier die Hausmeisterin. Und wer sind Sie beide, wenn ich fragen darf?«

»Lizzie Schmidt und Adam Starck, wir sind nicht von der Polizei, wir sind Bekannte von Herrn Caldera und möchten ihn mal wieder besuchen«, antwortete Adam.

»So, so, Bekannte. Wen der Herr Caldera so alles kennt ...« Die alte Frau musterte Lizzie von oben bis unten, verzog den Mund und schüttelte den Kopf. Offenbar konnte sie mit ihrem Outfit nicht viel anfangen.

Frau Kowalski drehte sich wieder zu Adam. »Keine Ahnung. Wissen Sie, ich könnte wetten, dass Sie von der Polizei sind. Ich habe früher auf dem Kiez gearbeitet, da bekommt man einen Blick für sowas.«

Die Alte sah Adam mit Verschwörermiene an. »Aber Sie scheinen ja ganz in Ordnung zu sein, Herr Starck. Also der Herr Caldera, ich weiß nicht, wo der ist. Ich habe ihn schon lange nicht mehr gesehen, seit ein paar Wochen. Seine Freundin kommt in letzter Zeit ab und zu vorbei und schaut nach dem Rechten, leert den Briefkasten und so weiter. Aber er selbst war schon lange nicht mehr hier. Vielleicht ist er verreist.« Dann bedachte sie wieder Lizzie mit einem abfälligen Blick. »Ich muss jetzt weiter, auf Wiedersehen«, sagte sie, ließ die Haustür ins Schloss fallen und marschierte davon.

Adam und Lizzie blieben stehen und sahen ihr nach, bis sie um die Ecke gebogen war.

»Ich glaube, die kann dich nicht leiden«, sagte Adam und grinste schelmisch.

»Da muss ich wohl mit leben«, sagte Lizzie und zuckte mit den Schultern. Sie drückte leicht gegen die Haustür, die sich sofort öffnete.

»Wie hast du das denn jetzt gemacht?«, fragte Adam verblüfft.

»Ein Stück Papier ins Türschloss gesteckt, während der alte Drachen mit dir geredet hat. Ganz alter Trick.« Lizzie grinste und nahm das Stück Papier wieder heraus. »Bitte einzutreten, der Herr.«

Sie stiegen die Treppe hinauf, bis sie im zweiten Stock vor der Wohnung von Daniel Caldera standen. Lizzie packte ihr Lockpicking Set aus und öffnete in wenigen Sekunden die Tür.

»Das ist das Schöne an Altbauten und geizigen Vermietern. Man bekommt die Schlösser ruckzuck auf.«

Sie huschten in die Wohnung, Lizzie schloss leise die Tür. Sie blieben reglos im Eingangsbereich stehen und lauschten. Bis auf ein leises Rauschen war es vollkommen still. Die Luft war leicht abgestanden.

»Hier hat schon lange keiner mehr gelüftet. Aber immerhin riecht es nicht nach Leiche. Komm, wir sehen uns um!«, sagte Adam.

»Also einen grünen Daumen hat die geheimnisvolle Freundin sicher nicht. Die Zimmerpflanzen scheinen ihr egal zu sein, die sind verdorrt und völlig hinüber«, sagte Lizzie. »Und der Staubschicht nach zu urteilen, kommt sie auch nicht zum Putzen hierher.«

Adam warf einen kurzen Blick ins Badezimmer, das direkt neben der Eingangstür lag. »Sie scheint auf jeden Fall nicht hier zu wohnen, hier ist nichts, was auf die Anwesenheit einer Frau hinweist, noch nicht mal eine zweite Zahnbürste. Merkwürdigerweise ist von Daniels Utensilien alles da: Zahnbürste, Rasierer, Haarbürste und so weiter. Wenn man verreist, nimmt man das Zeug doch mit, oder?«

Die Wohnung hatte drei Zimmer und war zweckmäßig eingerichtet. Ein schlichtes Schlafzimmer mit Futon-Bett und einem antiken Kleiderschrank, ein Wohnzimmer mit riesigem Fernseher, einer blauen Ikea-Couch und zwei Sesseln. Außerdem gab es ein geräumiges Arbeitszimmer.

Lizzie war von Daniel Calderas Arbeitsplatz sofort beeindruckt. Auf einem großen Schreibtisch standen zwei breite Monitore und zwei teure Laptops, darunter standen mehrere Computer. Es gab einige Regale, voll mit Computerkram und Kabeln, alles ordentlich sortiert und aufgeräumt. Vor dem Schreibtisch stand ein Stuhl, der mehr an einen Pilotensitz erinnerte als an einen Bürostuhl.

»Nicht schlecht«, sagte Lizzie und sah sich auf dem Schreibtisch um. »Jede Menge nette Spielsachen. Ansonsten nichts Auffälliges. Außer, dass die Computer laufen. Anscheinend lässt Daniel sie immer an und jetzt sind sie seit Wochen im Leerlauf.«

Plötzlich stutze Lizzie. Sie ging auf Adam zu und schob ihn Richtung Küche. Adam wollte fragen, was los sei, aber mit einem »Pst!« forderte sie ihn auf, zu schweigen. In der Küche schloss sie die Tür. »Ich glaube, wir haben ein Problem. Hast du die Webcam auf dem einen Monitor gesehen? Da hat eine kleine LED geleuchtet. Ich bin mir ziemlich sicher, dass wir gefilmt oder beobachtet werden.«

»Wie kann uns denn jemand beobachten?«

Lizzie rollte mit den Augen. »Adam, dieser Computer ist mit dem Internet verbunden, und man kann sich von wo auch immer in der Welt mit ihm verbinden und so arbeiten, als säße man direkt davor. Und natürlich kann man auch die Webcam und das Mikrofon steuern. Vermutlich sitzt Daniel Caldera irgendwo am Strand und sieht uns gerade mit dem Handy zu, wie wir in seiner Wohnung rumstöbern. Oder irgendjemand anders hat den Computer gekapert und beobachtet uns.«

Adam überlegte einen Moment. »Das ist gut, sogar sehr gut!«, sagte er schließlich und rieb sich die Hände.

»Wie jetzt?«

»Nicht wir haben das Problem. Wer auch immer uns beobachtet hat, muss jetzt irgendwie reagieren und aus der Deckung kommen. Ich bin mal gespannt.«

Lizzie nickte anerkennend. »Nicht schlecht. Dann können wir uns ja in Ruhe weiter umsehen.« Sie öffnete den Kühlschrank. »Läuft, und ist noch ganz gut gefüllt. Das Gemüse ist allerdings schon ziemlich verwelkt. Das sieht auch nicht so aus, als hätte der Besitzer geplant, länger weg zu bleiben.«

»Warte mal, das Foto da . . .«, sagte Adam, als Lizzie den Kühlschrank wieder schloss. Er nahm ein Foto, das mit einem Magneten an der Kühlschranktür befestigt war in die Hand. Es zeigte einen großgewachsenen, dunkelhaarigen jungen Mann mit einer älteren Dame an einem Strand.

»Das ist wahrscheinlich Daniel mit seiner Mutter zuhause in Portugal«, sagte Lizzie. »Passt zumindest zu dem, was Annabel mir über ihn erzählt hat.«

Adam fotografierte das Bild mit seinem Handy und sie gingen wieder ins Arbeitszimmer. Er fummelte demonstrativ hier und da ein wenig herum und ging schließlich zum Schreibtisch. Dort schob er, wie zufällig, eine verdorrte Pflanze vom Rand des Schreibtisches genau vor die Webcam. Lizzie versteckte inzwischen eine winzige Kamera in einem Bücherregal. Als sie fertig war, gab sie Adam einen Wink und die beiden verließen das Arbeitszimmer.

»So, das sollte Motivation genug sein. Wir werden uns gleich was zum Abendessen holen und uns gemütlich ins Auto setzen und warten. Jede Wette, dass in Kürze jemand vorbeikommt. Entweder Daniel, seine Freundin oder jemand ganz anders.«

8

Der schlaksige, junge Mann schlurfte betont gelassen zu seinem Arbeitsplatz, einem Klappstuhl an einem langen Tisch, an dem insgesamt sechs, leere Klappstühle standen, vor jedem ein Laptop. Wie jeden Vormittag war er der Erste, die anderen kamen immer erst gegen Mittag. Hier wurde bis spät in die Nacht gearbeitet.

Er wusste, dass alles hier illegal war, aber das störte ihn nicht. Ihm war nicht ganz klar, welche Ziele die Leute, für die er arbeitete, verfolgten. Aber am Ende war es ihm auch egal, für ihn war es ein Abenteuer. Er konnte sich austoben und seine Fähigkeiten wurden von der Gruppe geschätzt. Hier war er nicht der nette Philipp aus Eppendorf, sondern der berüchtigte D4rkZtar, vor dem keine Firewall sicher war. Und die Bezahlung war fürstlich im Vergleich zur Industrie. Den großen Boss hatte er nur einmal kurz gesehen, typischer Hamburger Pfeffersack mit Maßanzug, Goldrandbrille und mit einem altmodischen Spazierstock. Fieser Typ, dem man besser aus dem Weg ging.

In einer Ecke des großen, kahlen Raumes standen ein Mann und eine Frau, sie unterhielten sich leise.

Der Mann hatte seine Jacke ausgezogen und trug sie über den Arm. Man konnte sein Schulterhalfter mit der Pistole sehen. Die beiden nahmen keine Notiz von ihm.

Der Schlaksige setzte sich auf seinen Stuhl, öffnete seinen Laptop und gab sein Passwort ein. Das Erste, was er sah, war ein blinkender Warnhinweis. Seine Gelassenheit war augenblicklich verflogen.

»Verdammt, wir haben Eindringlinge in Calderas Wohnung«, rief er. »Seht euch das an, die durchsuchen die Wohnung.« Der Mann und die Frau, eilten zu ihm und sahen über seine Schultern auf den Bildschirm.

»Wer sind diese Idioten?«, fragte die Frau. »Was glauben die, was sie da tun? Kennt die einer von euch?«

»Warte mal«, sagte der Mann mit der Pistole. Er packte sein Handy aus und durchsuchte seine Fotos. »Hier, die beiden waren gestern bei Calderas Kollegin, dieser Annabel Blum.«

»Kannst du rausfinden, wer die sind?«

»Ich habe ein Foto des Autos, mit dem sie gestern unterwegs waren. Ein alter Volvo – wahrscheinlich ist er Lehrer und diese Punkerin ist eine seiner Schülerinnen, die er verführt hat.« Der Mann grinste.

»Zeig mir mal die Nummer, ich kann rausfinden, wem das Auto gehört.«

Der Schlaksige tippte hektisch auf seiner Tastatur. Nach einem Moment rief er. »Adam Starck, Ex-Bulle mit zweifelhaftem Ruf. Gab wohl mal einen Skandal um ihn wegen einer Schießerei. Moment, noch ...«

Nach einer weiteren Minute heftiger Tipperei rief er:
»Der hat inzwischen eine Privatdetektei, zusammen mit der Frau da. Die heißt Lizzie Schmidt, mehr finde ich über sie allerdings nicht heraus. Keine Presse, keine Website, keine Social Media Aktivitäten.«

»Mist, die Schlampe hat uns Privatdetektive auf den Hals gehetzt. Wir hätten sie schon früher ausschalten sollen«, schimpfte der Mann mit der Pistole. »Was machen wir jetzt?«

»Erst mal die Wohnung sichern. Ich fahre selbst hin. Und ich sage dem Boss Bescheid.« Die Frau nahm ihr Handy und tippte eine Nachricht.

Schon nach wenigen Sekunden kam mit einem Ping die Antwort.

»Und was sagt er?«

»Nicht viel: Das Projekt darf auf keinen Fall gefährdet werden. Werdet Starck los, sofort!!! Mit drei Ausrufezeichen.«

»Na, der Boss scheint diesen Adam Starck ja zu kennen.« Der Schlaksige grinste schief.

»Das muss dich aber nicht weiter beschäftigen«, blaffte ihn die Frau an. »Versuch, mehr über die beiden herauszufinden. Und mach schnell!«

Sie drehte sich zu dem Mann mit der Waffe und schrie ihn an: »Nun steh hier nicht rum, fahr los, du weißt, was zu tun ist.« Mit einer ausladenden Handbewegung scheuchte sie ihn zum Ausgang. Sie wandte sich ab und ging auf ihren Bürocontainer zu. Im Gehen rief sie mit schriller Stimme: »Und versaut das nicht, ihr wisst, was passiert, wenn das Projekt schiefgeht.«

9

»Oh, verdammt!«, fluchte Adam, als die Mayonnaise aus seinem Brötchen in seinen Schoß tropfte. Wütend auf sich selbst, wischte er mit der Hand die schmierige Masse von seiner Hose und machte dabei alles nur noch schlimmer.

»Was glaubst du, wie lange wir noch warten müssen?«, fragte Lizzie. Sie hatte die Sitzlehne zurückgedreht und döste mit halb offenen Augenlidern. Die Standheizung des Volvos schnorchelte einschläfernd vor sich hin. »Wir stehen jetzt schon seit zwei Stunden hier. Mir tut langsam der Hintern weh.«

»Nur Geduld«, antwortete Adam. »Mit Geduld und Spucke, fängt man eine Mucke, sagte meine Oma immer.«

»Ha, ha«, sagte Lizzie und rutschte ein wenig auf ihrem Sitz hin und her. Sie schloss die Augen wieder. »Sag mal, wenn wir davon ausgehen, dass die bösen Jungs halbwegs intelligent sind ...«

»Oder Mädchen!«

»Nein, Mädchen sind intelligent, aber nicht böse, niemals. Das sind ganz sicher Jungs. Also, wenn die halbwegs intelligent sein sollten, glaubst du, sie kommen jetzt einfach angerannt und stürmen in die Wohnung?«

»Wenn wir etwas Intelligenz annehmen, dann würden sie sich sicher erst mal in der Nähe umsehen«, sagte Adam nachdenklich.

»Und dabei würden sie wahrscheinlich recht schnell zwei gelangweilte Gestalten in einem alten Auto bemerken, eine davon mit einem labberigen Brötchen in der Hand und einem ekligen Mayonnaisefleck auf der Hose.«

»Sehr witzig. Du meinst ...«

»Ich meine, sie sind bereits hier.« Lizzie setzte sich auf und drehte ihre Sitzlehne nach vorne. »Jede Wette, dass wir gerade beobachtet werden.«

Adam sah sich um. Jetzt, am Nachmittag, war die Straße sehr belebt. Vor dem kleinen Kiosk an der Ecke standen drei Männer an einem Stehtisch, etliche Leute kamen offensichtlich gerade von der Arbeit nach Hause, ein Mann werkelte an seinem Auto, zwei Kinder führten ihren Hund aus und versuchten den kleinen Segugio Italiano vergeblich davon abzuhalten, an der Leine zu zerren. Alles sah ganz normal aus, es war nichts Auffälliges zu sehen.

»Dann lass uns doch ein wenig Bewegung in die Sache bringen«, sagte Adam. »Sieh dich mal um, ob du eine Reaktion von irgendwem erkennst.« Er stieg aus dem Auto, streckte sich und schlenderte scheinbar ziellos über die Straße. Er ging an den geparkten Autos entlang und sah hinein, ging in den Kiosk und kam nach einigen Minuten wieder heraus. Dann ging er langsam zur Eingangstür von Daniels Wohnhaus und klingelte. Wie erwartet, passierte nichts. Er sah sich um, klingelte noch einmal und ging dann wieder zurück zum Auto.

»Da drüben, der schwarze BMW«, sagte Lizzie, als er eingestiegen war. »Siehst du den Typen mit den Stoppelhaaren? Der hat versucht sich unsichtbar zu machen, als du an ihm vorbeigingst. Und er hat dich mit dem Handy fotografiert. Das dürfte unser Mann sein. Glaubst du, das ist der BMW, der Annabel verfolgt hat?«

»Mag sein«, sagte Adam. »Dann wollen wir ihm doch mal auf den Zahn fühlen und sehen, wohin uns das führt. Ich an seiner Stelle würde zu allererst wissen wollen, wer wir beide sind und was wir wollen. Er wird uns wahrscheinlich zunächst weiter beschatten.«

»Also los, dann fahren wir ein wenig spazieren und geben ihm was zu tun«, sagte Lizzie aufgeregt.

Adam räumte gemütlich die Reste seines Brötchens zusammen, stieg wieder aus und warf den Müll in einen Papierkorb. Alles sollte so aussehen, als ob sie die Beschattung aufgeben würden. Dann setzte er sich in den Wagen, parkte langsam aus und fuhr los.

Er bog am Ende der Straße rechts ab, von einem Verfolger war noch nichts zu sehen.

»Ich glaube, der kommt nicht«, sagte Lizzie, die mit einigen Verrenkungen in den Rückspiegel sah. »Vielleicht haben wir uns ja geirrt.«

»Wart's ab. Wir sollen ja nicht merken, dass jemand hinter uns her ist.«

»Nichts zu sehen, glaubst du wirklich, wir werden verfolgt.«

»Ganz sicher. Wir wollen ihm mal eine kleine Herausforderung stellen.« Adam bog links in die vielbefahrene, dreispurige Kieler Straße ein und fuhr mit exakt 40 km/h auf der mittleren Spur Richtung Altona. Links und rechts überholten PKW und LKW, einige hupten, einige gestikulierten wütend. Hinter dem Volvo fanden gewagte Spurwechselmanöver statt.

»Okay, da ist er.«

»Sag ich doch.«, triumphierte Adam. »Dann fahren wir jetzt einkaufen.« Er bog in die Stresemannstraße ab.

»Und was kommt jetzt?«, fragte Lizzie.

»Wir fahren nach St. Pauli in die Rindermarkthalle, stellen das Auto im Parkhaus ab und gehen getrennt voneinander los. Wir tun so, als ob wir einkaufen gehen würden. Mal sehen, was er draus macht.«

Tatsächlich folgte der BMW den beiden ins Parkhaus des Einkaufszentrums und parkte einige Reihen von ihnen entfernt.

»So, jetzt machen wir Folgendes: Wir nehmen die Treppe zur Einkaufsebene und trennen uns. Ich verstecke mich, aber er soll dich noch sehen, so dass er dich verfolgt. Wir bleiben per Handy verbunden, wenn ich dir Bescheid gebe, musst du ihn abschütteln. Er wird dann zu seinem Auto zurückkehren und dort auf uns warten. Ich parke inzwischen mein Auto um, dann wird er sich ärgern und muss die Verfolgung aufgeben.«

»Raffiniert, Herr Detektiv«, grinste Lizzie, »aber dann wissen wir immer noch nicht, wer das ist.«

»Es geht ja noch weiter. Wie nehmen uns ein Car-Sharing Auto, die stehen hier überall rum, und warten an der Ausfahrt auf ihn. Und dann drehen wir den Spieß um und verfolgen ihn. Mal sehen, was wir rausfinden.«

»Beeindruckend.«

Wie geplant trennten sie sich in der Markthalle. Adam verschwand sofort durch einen der Ausgänge. Lizzie schlenderte an einigen der Läden vorbei und ging dann in den riesigen Supermarkt, schnappte sich einen Einkaufswagen, und tat so, als würde sie ganz normal einkaufen.

Plötzlich vibrierte ihr Handy. Die Kamera in Daniel Calderas Wohnung hatte eine Bewegung registriert. Sie sah sich das Überwachungsvideo an, erkannte aber nur einen Schatten, der sich auf ihre Kamera zubewegte und diese abschaltete. Das Ganze hatte nur etwa drei Sekunden gedauert.

»Adam hörst du mich?«

»Laut und deutlich, wo bist du?«

»Im Supermarkt. Ich habe eben einen Alarm auf mein Handy bekommen. In Calderas Wohnung ist jemand. Und der hat meine Kamera zielgerichtet ausgeschaltet.«

»Mist, vermutlich gab es noch weitere Überwachungskameras und die haben mitbekommen, dass du auch eine installiert hast.«

»Und was machen wir jetzt?«

»Ist dein Schatten noch bei dir?«

»Ja, er vergleicht gerade mit großer Hingabe Kekspackungen.«

»Halt ihn noch fünf Minuten hin. Ich fahre inzwischen das Auto aus dem Parkhaus. Dann häng ihn ab und komm rum zur Tankstelle. Wir ändern den Plan. Lass uns verschwinden und in die Wohnung fahren. Ich will wissen, wer sich da rumtreibt.«

»Wird gemacht, Boss«, sagte Lizzie und steckte ihr Handy wieder ein. Sie packte noch einige Sachen in ihren Einkaufswagen und stand dann in der Getränkeabteilung vor einer halb offenen Tür mit der Aufschrift *Nur für Personal.* Sie huschte durch die Tür, warf dem verblüfften Praktikanten, der gerade Kisten stapelte, eine Kusshand zu und verschwand nach draußen. Sie lief um das Gebäude herum zur Tankstelle, sah Adams Auto, rannte hin und ließ sich auf den Beifahrersitz fallen.

»Schade, fing grade an, Spaß zu machen.«

»Na, vielleicht wird's ja gleich noch lustiger«, antwortete Adam und fuhr los.

»Sag mal, das Motorrad mit den zwei finsteren Typen hinter uns, findest du das nicht auch seltsam?«, fragte Lizzie.

»Allerdings. Schwarzes Motorrad, schwarze Klamotten, schwarze Helme mit getöntem Visier. Glaubst du, die gehören zu unserem Verfolger? Und sagte Annabel nicht auch irgendwas von einem Motorrad?«

Noch bevor Lizzie antworten konnte, setzte das Motorrad zum Überholen an.

»Scheiße, der hat eine Waffe«, rief Lizzie und duckte sich.

Im selben Moment fielen zwei Schüsse, das Motorrad heulte auf und zog davon. Adam verlor sofort die Kontrolle über sein Auto. Er trat voll auf die Bremse. Der Volvo brach aus, drehte sich und schlitterte quer über eine Kreuzung, genau auf eine Gruppe Fußgänger zu, die an der Ampel wartete. Entsetzt versuchte Adam, das Lenkrad herumzureißen, doch das Auto reagierte nicht. Im letzten Moment knallte ein anderer PKW seitlich ins Heck des Volvos und schob ihn auf einen parkenden Kleintransporter. Die Fußgängergruppe stand zunächst erstarrt, dann gerieten einige in Panik, schrien auf und rannten davon.

Adam war benommen. Nach einigen Sekunden wurde die Fahrertür geöffnet.

»Ist alles in Ordnung bei Ihnen, sind sie verletzt?«, fragte ein freundlicher, älterer Herr mit besorgter Mine.

»Alles okay, ja, danke«, antwortete Adam. »Lizzie, wie geht's dir?«

»Alles gut, nur erschrocken«, sagte sie und wühlte sich durch den schlaffen Airbag.

»Sie haben Glück, dass Sie einen alten Volvo haben.

Guter, robuster Schwedenstahl«, sagte der Alte. »Die Polizei habe ich schon angerufen, die werden gleich da sein.«

Adam stieg aus und ging etwas wackelig um sein Auto herum. Der Fahrer des anderen Wagens stand verwirrt vor seinem Auto und versuchte, zu verstehen, was passiert war. Einige Passanten kümmerten sich um ihn. Die gesamte rechte Seite des Volvos war eingedrückt. Adam sah sich die linke Seite an. Der Hinterreifen war zerfetzt, rechts neben dem Kotflügel war ein Einschussloch. Lizzie tauchte neben Adam auf.

»Sieht aus, als hätte der uns den Reifen zerschossen.«

»Und mein Auto ist erst mal Schrott. Schöner Mist.« Adam stand kopfschüttelnd vor dem Wrack.

»Das wird ein Spaß, das der Polizei zu erklären. Da hinten kommen sie übrigens schon.«

»Na das wird wieder ein Fest für Lehmann«, grummelte Adam.

10

Am späten Vormittag des darauf folgenden Tages kehrten sie zu Daniel Calderas Wohnung zurück. Adam hatte inzwischen einen Mietwagen organisiert. Zu ihrer großen Überraschung war das Fenster von Daniels Arbeitszimmer geöffnet.

»Da ist jemand, vielleicht ist Caldera jetzt zuhause. Das sehen wir uns mal an«, sagte Adam.

Sie stiegen aus und klingelten. Keine Reaktion aus Calderas Wohnung, doch wie schon am Vortag öffnete Frau Kowalski die Haustür.

»Sie schon wieder.« Lizzie wurde wieder abschätzig gemustert. Dann sagte sie freundlich zu Adam: »Sie haben Glück, die Freundin von Herrn Caldera ist eben gekommen. Gehen Sie nur hoch.«

Adam und Lizzie sahen sich an, Lizzie zuckte mit den Schultern. »Na denn, los.«

Sie stiegen die Treppe hoch und klingelten nochmal. Wieder keine Reaktion. Adam klopfte an die Tür. »Hier sind Adam Starck und Lizzie Schmidt von der Detektei Adam Starck & Partner. Bitte machen Sie auf, wir wissen, dass Sie da sind. Wir möchten mit Daniel Caldera sprechen.« Niemand rührte sich. Adam drückte noch einmal auf den Klingelknopf. Schließlich hörte man das Klacken von hohen Absätzen auf der anderen Seite der Tür. Ein Schlüssel wurde umgedreht, die Tür öffnete sich.

Vor ihnen stand eine junge Frau, Mitte 20, mit langen, blonden Haaren. Sie trug hautenge Jeans und eine weiße Bluse mit hochgekrempelten Ärmeln. Dazu trug sie hochhackige, rote Schuhe. Adam war sprachlos.

»Äh, ja, guten Tag«, sagte Lizzie, »wir würden gern mit Daniel Caldera sprechen. Ist er hier?«

Die junge Frau nestelte nervös am Saum ihrer Bluse. »Nein, Daniel ist nicht hier. Ich weiß nicht, wo er ist und wann er wieder kommt.«

»Wann haben Sie ihn denn zuletzt gesehen?«, fragte Adam.

»Gestern – ja, gestern Abend. Wieso fragen Sie? Sie sind Privatdetektive? Was wollen Sie von Daniel?«

»Dürfen wir vielleicht reinkommen? Wir haben noch einige Fragen, Sie können uns bestimmt weiterhelfen«, sagte Adam.

»Nein, natürlich nicht.« Die Blonde trat etwas zurück und zog die Wohnungstür etwas weiter zu. »Ich weiß ja gar nicht, wer Sie wirklich sind. Ich habe jetzt auch gar keine Zeit mehr. Ich kann wirklich nichts für Sie tun, auf Wiedersehen.« Sie versuchte, die Tür zu schließen, doch Adam hielt sie mit einer Hand offen.

»Wir ermitteln im Auftrag einer Kollegin von Herrn Caldera. Wir hoffen, dass er uns helfen kann. Ist alles in Ordnung mit ihm?«

»Natürlich, es ist alles in Ordnung. Und ich wüsste nicht, was Sie das angeht. Hier muss nichts ermittelt werden.« Die Blonde sah sich nervös im Treppenhaus um. »Bitte gehen Sie jetzt. Sie belästigen mich. Und lassen Sie Daniel in Ruhe. Er hat nichts getan.«

Sie schob Adams Hand von der Tür und schloss sie. Adam und Lizzie sahen sich an.

»Da ist definitiv was faul«, sagte Lizzie. »Ich bin mir sicher, sie verbirgt etwas. Sie weiß mehr, als sie uns erzählt.«

»Ich kaufe ihr das harmlose Blondchen auch nicht ab«, sagte Adam nachdenklich.

»Meinst du, sie hat irgendetwas mit den komischen Typen von gestern zu tun? Und glaubst du, sie weiß, dass wir in der Wohnung waren?«, fragte Lizzie auf dem Weg nach unten.

»Nein, ich glaube nicht, dass sie von unserem Besuch und von den bösen Jungs weiß. Ich hatte eher den Eindruck, dass sie vor irgendetwas Angst hatte. Sehr merkwürdig. Das passt alles nicht zusammen.«

»Glaubst du, Caldera ist entführt worden? Die Entführer haben sie sicherlich aufgefordert, keine Polizei zu involvieren. Vielleicht hatte sie deshalb Angst.«

»Ja, das wäre eine Erklärung«, antwortete Adam. »Vielleicht braucht sie unsere Hilfe. In diesem Fall sollten wir eigentlich die Polizei informieren.«

»Sie hat dir den Kopf verdreht, nicht wahr?«, sagte Lizzie und sah ihn mit zusammengekniffenen Augen an. »Sie sieht ja wirklich aus wie ein Top-Model.«

»Blödsinn«, antwortete Adam. »Aber wenn wir eine Entführung vermuten, müssen wir die Polizei involvieren. Allerdings wäre es wirklich peinlich für uns, wenn dann doch nichts ist. Wir brauchen unbedingt mehr Informationen.«

11

Zwei Stunden später saßen Adam und Lizzie im Büro von Tom Steiner, Annabels Chef.

»Wir sind alle zutiefst erschüttert von Annabels Unfall«, sagte er. »Annabel ist bei allem sehr umsichtig, auch beim Autofahren. Ich kann mir einen solchen Unfall gar nicht erklären.«

»Wir vermuten, dass noch jemand beteiligt war, der aber wohl Fahrerflucht begangen hat – auch wenn die Polizei bisher noch keine konkreten Hinweise hat«, sagte Lizzie.

»Unglaublich. Was gibt es nur für Menschen.« Steiner schüttelte den Kopf.

»Annabel hat uns erzählt, dass mit ihrem Kollegen Daniel Caldera möglicherweise etwas nicht stimmt. Wussten Sie davon?«, fragte Adam.

»Ja, allerdings. Sie hat auch mit mir darüber gesprochen.« Steiner setzte sich aufrecht hin und nahm einen Schluck aus seiner Kaffeetasse. »Hat Annabel Sie mit Ermittlungen diesbezüglich beauftragt?«

»Nein, nein. Wir forschen eher aus privatem Interesse«, antwortete Lizzie. »Annabel ist eine gute Freundin von mir und sie hat sich ernsthaft Sorgen gemacht.

Wir wollen herausfinden, ob Daniel Caldera vielleicht irgendetwas mit ihrem Unfall zu tun hat.«

»Daniel? Glauben Sie wirklich? Das ist aber doch sehr weit hergeholt. Noch einen Kaffee?« Steiner stand auf und ging zu der kleinen Schrankküche, die in sein Büro eingebaut war. Während er noch Kaffee zubereitete, sagte er: »Wissen Sie, ohne Ihrer Freundin zu nahe treten zu wollen, ich glaube, Annabel war ein wenig in Caldera verliebt und konnte schlecht damit umgehen, dass das nicht auf Gegenseitigkeit beruhte.«

»Ja, der Verdacht wurde schon mehrfach geäußert«, sagte Lizzie stirnrunzelnd. »Aber wir haben Grund zu der Annahme, dass dem nicht so ist.«

»Eine andere Frage«, unterbrach Adam. »Was genau machen Sie hier eigentlich? Ich meine, was genau ist das Geschäft der ITAS?«

»Tja, wie der Name schon sagt: International Tax Advisory Services. Im Grunde sind wir Steuerberater. Zu unseren Kunden gehören namhafte Großunternehmen aus Deutschland sowie etliche internationale Konzerne. Wir kümmern uns um die Buchhaltungen, die Steuern und beraten unsere Kunden hinsichtlich der Gestaltung ihrer Finanzstrategien.«

Steiner rührte emsig in seiner Kaffeetasse. Man sah ihm an, dass er sich beim Aufsagen seiner Firmenbeschreibung wohl fühlte. »Unsere Abteilung hier ist für die IT verantwortlich, die das alles möglich macht. Heutzutage wird auch in der Buchhaltung immer mehr automatisiert, allein schon wegen des Fachkräftemangels muss immer mehr von Computern erledigt werden. Wir setzen moderne Technologien wie künstliche Intelligenz ein, hier sind wir in unserer Branche übrigens führend. Wir beschäftigen hier hochqualifizierte Mitarbeiter, die an der Steuerberatung von morgen arbeiten.«

»Ja, vielen Dank für den Einblick«, unterbrach Lizzie die Lobeshymne Steiners. »Das ist sehr interessant. Ein wirklich spannendes Aufgabenfeld.«

Steiners Telefon klingelte. »Ja … aha … ja, kein Problem, ich komme sofort.« Er legte auf. »Sie müssen mich leider entschuldigen. Der Chef, Sie wissen schon. Also, aus meiner Sicht ist alles in Ordnung mit Daniel Caldera. Er macht seinen Job, und darauf kommt es hier an. Wenn Sie mehr wissen möchten, können Sie gern mit Paul Olsen sprechen, das ist der mit dem Bart und dem St. Pauli T-Shirt da hinten. Er hat eng mit Annabel und auch mit Daniel Caldera gearbeitet. Vielleicht kann er Ihnen weiterhelfen.«

Steiner schob sie aus seinem Büro und stellte sie mit knappen Worten Paul Olsen vor. Dann verschwand er.

»Ja, was soll ich sagen«, begann Olsen. Er lehnte sich in seinem Bürostuhl zurück, verschränkte die Hände über seinem Bauch und schaukelte gemütlich. »Annabel fand, dass Daniel irgendwie komisch wurde. Für mich war aber alles normal, ich weiß nicht … «

»Wann haben Sie Caldera denn zuletzt gesehen?«, fragte Adam.

»Also so richtig persönlich gesehen habe ich ihn

noch nie. Wir arbeiten hier mit einem Ticket-System, über das wir unsere Aufgaben bekommen. Bei Bedarf chatten wir oder schicken uns E-Mails. Manchmal gibt's auch Telefonkonferenzen oder Videokonferenzen, das versuchen wir aber zu vermeiden. Ist meistens nur überflüssiges Gesabbel. Das ist eher was für Manager.«

»Und wann hatten Sie zuletzt Kontakt mit Daniel?«, fragte Lizzie.

»Ähm, vor etwa einer Stunde, wieso? Wir haben uns per Chat zu einem Sicherheitsproblem ausgetauscht. Daniel ist ein ziemlich helles Köpfchen, hat oft sehr gute Ansätze.«

Adam und Lizzie sahen ihn verblüfft an.

»Ich kann euch gerne den Chat zeigen«, sagte Olsen, kommt einfach rum.

Adam und Lizzie standen hinter Paul Olsen und sahen über seine Schulter auf den Monitor.

»Ich verstehe nur Bahnhof«, sagte Adam.

»Es geht um die Identifikation von Applikationen, die direkt oder indirekt von der letzte Woche bekannt gewordenen Sicherheitslücke in Java betroffen sind, sehr knifflig«, erklärte Lizzie kurz.

»Aha, vom Fach«, sagte Olsen.

»Und ob«, antwortete Lizzie.

»Nerds. Was interessieren mich Lücken im fernen Java«, sagte Adam kopfschüttelnd.

»Die Programmiersprache, nicht die Insel«, grinste Lizzie. Und an Olsen gewandt: »Annabel fand irgendetwas an Daniels Kommunikation seltsam. Findest du das auch?«

»Na ja, wenn du mich so fragst: Es ist alles völlig korrekt. Ganze Sätze mit korrekter Interpunktion, keine Tippfehler, fehlerfreie Grammatik. Für einen Chat ist das eher ungewöhnlich. Meistens tippt man ja sehr schnell, und im Chat muss ja nicht alles korrekt sein.«

»Ist es schon so weit gekommen, dass man korrekte Rechtschreibung als ungewöhnlich einstuft?«, bemerkte Adam kopfschüttelnd.

Lizzie und Olsen sahen sich schulterzuckend an.

Adam räusperte sich. »Also, ich habe verstanden, dass Caldera an sicherheitsrelevanten Themen arbeitet. Wenn jetzt der Verdacht besteht, dass irgendetwas mit ihm ungewöhnlich ist, müsste dann nicht irgendeine Art von Nachforschung starten?«

Olsen atmete tief durch. »Da haben Sie schon recht. Bei einem internen Mitarbeiter würde man zunächst ein Personalgespräch führen und dann weitersehen. Aber Daniel ist ja kein interner Mitarbeiter, sondern er arbeitet für eine Fremdfirma. Wenn ich mit Daniel rede, rede ich ja eigentlich mit der Firma QTRON. Wenn ich also jetzt den Verdacht hätte, dass Daniel zu einem Risiko wird, dann würde ich ja sagen, dass die Firma QTRON ihren vertraglichen Verpflichtungen nicht nachkommt. Ich müsste also zunächst mit dem Contract Manager hier reden. Der würde mich bitten, eine rechtssichere Dokumentation zusammenzustellen. Die würde er prüfen und damit dann zum

Einkauf gehen. Der Einkäufer wiederum würde die Sache zunächst ignorieren und wenn ich dann rückfrage, würde er mich erst mal auffordern, noch mehr Dokumentation zu liefern. Dann würde der Einkauf sich an den Account Manager bei QTRON wenden. Der würde natürlich erklären, dass das alles an den Haaren herbeigezogen ist und dass die QTRON immer hervorragende Arbeit leistet und nur ausgesuchtes Personal beschäftigt. Man möge doch noch einmal prüfen, ob der Mitarbeiter, der den Verdacht geäußert hat, nicht einen Fehler gemacht hat. Außerdem behalte man sich rechtliche Schritte vor. Der Einkäufer würde zu mir kommen und mich anscheißen, was ich denn für einen Unsinn verzapfe und dass er wegen mir Ärger mit QTRON bekommen hat. Er würde mich auffordern, das nochmal zu prüfen und eine präzise Liste von Daniels Verfehlungen zu liefern. Und so weiter, und so weiter. Und das war nur die Kurzfassung.«

»Okay, ich seh schon«, sagte Lizzie, »das SNAFU-Prinzip.«

»Das was?«, fragte Adam. »Ihr Nerds macht mich fertig.«

»Situation normal, all fucked up«, Lizzie lächelte ihn an. »Arbeite mal im Großunternehmen, dann lernst du das.«

»Tut mir leid, aber ich muss hier weitermachen«, sagte Olsen. »War nett, dich kennengelernt zu haben, und Sie auch, Herr Starck.«

»Na, der scheint dich ja ins Herz geschlossen zu haben«, raunte Adam im Gehen.

»Was dem einen seine Blondine, ist der anderen ihr Nerd«, sagte Lizzie. »Komm, wir fahren zurück ins Büro. Wir müssen mal nachdenken, wie es jetzt weitergehen soll.«

12

Eine Stunde später waren Adam und Lizzie wieder an ihrem Büro angekommen. Sie hatten kurz beim Italiener gegenüber Pizza geholt und sich bei Don Pablo mit spanischem Bier eingedeckt. »Ist doch ganz spannend, das Detektivgeschäft«, sagte Lizzie, während sie Adam die Haustür aufhielt. »Ich weiß gar nicht, was du immer hast. Wilde Verfolgungsjagden, heiße Blondinen und jetzt gibt's noch eine gemütliche Fallbesprechung zum Abschluss des Tages – das lässt sich doch ganz gut an.«

»Bis auf die Tatsache, dass mein armes Auto jetzt in der Werkstatt steht und wahrscheinlich reif für den Schrottplatz ist. Aber ja, es hat auch seine angenehmen Seiten«, sagte Adam, während er zwei riesige Pizzakartons vor sich her in den Fahrstuhl balancierte. »Und wer zum Henker hat hier im Fahrstuhl geraucht? Es ist doch nicht zu fassen ...«

»Spießer!«, erwiderte Lizzie lachend.

Der alte Aufzug fuhr quälend langsam nach oben. Adam nahm sich vor, morgen mal mit dem Hausmeister zu reden. Es ruckelte ein wenig und dann signalisierte ein leises Ping, dass sie in der zweiten Etage

angekommen waren. Langsam begann die Fahrstuhl-
tür sich zu öffnen.

»Verdammt«, zischte Adam, als er durch den Spalt
sehen konnte. Er schob sich durch die noch nicht ganz
geöffnete Tür und machte sich diesmal keine Gedanken um den Inhalt seiner Pizzakartons. Er deutete auf
das Türschloss. »Sieh dir das an!«

Lizzie runzelte die Stirn, dann bemerkte auch sie die
kleinen Schrammen am Türschloss. »Ein Einbruch?
Am helllichten Tag?«

Adam legte die Kartons neben der Bürotür ab und
gab Lizzie ein Zeichen, leise zu sein.

»Das waren Profis«, flüsterte er, »die wussten, wie
man ein Schloss ohne viel Schaden öffnet. Die könnten noch drin sein. Bleib du hier, ich sehe mir das mal
an.« Adam zog den Reißverschluss seiner Jacke hoch.
»Ich wünschte, ich hätte meinen Revolver noch.«

»Eine Schießerei im Büro fehlt uns gerade noch«,
antwortete Lizzie. »Jetzt lass uns erst mal nachsehen.«

Adam drückte vorsichtig an die Tür. Sie öffnete sich
ohne Widerstand, das Schloss war also hinüber. Langsam schob er die Tür weiter auf, lauschte einen Moment und trat dann ein. Mit einer Handbewegung forderte er Lizzie auf, draußen zu bleiben und sich neben
die Tür an die Wand zu stellen.

Adam konnte nicht glauben, was er sah. Er stand
mitten im Eingangsbereich und versuchte, zu verstehen, was hier geschehen war. Alles war verwüstet. Die
Einbrecher hatten wirklich ganze Arbeit geleistet. Er

schüttelte den Kopf und ging vorsichtig weiter in sein Büro. Alle Möbel waren umgeworfen, die Schubladen ausgekippt, Bilder lagen auf dem Boden und waren zerbrochen, sogar die Lampen waren von der Decke gerissen. Sein Laptop war verschwunden.

Das gleiche Bild bot sich ihm in Lizzies Büro. Auch ihr Laptop fehlte, die Monitore lagen auf dem Boden und waren eingetreten. Und genauso sah es in den anderen Räumen aus. Das war kein Raub. Ein Dieb hätte sich nicht die Arbeit gemacht, das Mobiliar umzuwerfen. Hier ging es um Zerstörung, darum möglichst viel Schaden anzurichten. Und das hatten die Einbrecher sehr gründlich gemacht.

Adam hörte ein Geräusch aus dem Konferenzraum und ging hinüber. Wo gestern noch eine fröhliche Einweihungsparty stattgefunden hatte, lagen heute überall Trümmer von kaputten Möbeln, zerfledderte Bücher und Aktenordner. Quer über den großen Konferenztisch war mit einem Messer ein riesiger Kratzer gezogen worden. In einer Ecke des Raumes kniete Lizzie auf dem Boden. Sie hielt einige bunte Stofffetzen in der Hand.

»Das Omamori, der Glücksbringer von Claire, sie haben es völlig zerfetzt.« Lizzie begann zu schluchzen. »Adam, wer war das? Was wollen die von uns?«

»Das war eine Botschaft. Und noch dazu eine sehr deutliche. Die wollen uns einschüchtern.«

»Aber wer sind die? So viel – Hass, so viel Gewalt. Das ist ja ganz nett, mit dem Detektivspielen, aber die meinen das wirklich ernst. Adam, die bringen uns um.« Lizzie stand auf, ging auf Adam zu und packte ihn an den Schultern. »Adam, ich habe Angst, hörst du?«

»Ich weiß nicht, wer die sind, Lizzie. Noch nicht. Aber mit Sicherheit geht es um Daniel Caldera. Wir sollen uns wohl raushalten.«

Lizzie begann wieder zu schluchzen, Adam umarmte sie.

»Ich habe Angst«, sagte sie noch einmal und weinte in Adams Schulter.

Über Lizzie hinweg sah Adam aus dem Fenster. Regen setzte ein, die Lichter der Stadt spiegelten sich auf der nassen Straße. Auf der gegenüberliegenden Straßenseite stand der schwarze BMW mit eingeschalteten Lichtern. Der Fahrer hatte die Scheibe heruntergelassen und rauchte.

Adam löste sich von Lizzie und stellte sich ans Fenster. Adam erkannte den stoppelhaarigen Mann, der sie verfolgt hatte. Er sah zu Adam hinauf, die Männer sahen sich einen Moment reglos in die Augen. Dann schnippte der Mann provozierend seine Zigarette auf die Straße und machte zu Adam eine Geste, als würde er ihn mit einer Pistole abschießen. Er ließ seelenruhig den Wagen an und fuhr los. Auf dem Beifahrersitz saß eine zweite Person mit schwarzem Basecap.

Adam blieb reglos stehen und sah ihnen hinterher. Das Kennzeichen war nicht zu erkennen, die Kennzeichenbeleuchtung war defekt – oder abgeschaltet. Profis.

»Was ist da los?«, fragte Lizzie.

»Der schwarze BMW stand eben da unten. Der Typ, der uns verfolgt hatte, saß am Steuer. Er wollte, dass ich ihn sehe.«

»Adam, ich kann das nicht. Die haben Annabel angegriffen und jetzt bedrohen sie uns. Lass uns das Büro wieder dicht machen. Die Polizei soll den Unfall von Annabel aufklären. Wir können nochmal mit Claire reden. Und was haben wir mit Daniel Caldera zu schaffen, wir kennen den nicht einmal. Ich bleibe bei meinen Computern, die tun mir nichts.«

»Ganz ruhig. Das ist genau, was die wollten. Die wollten uns Angst machen. Standardvorgehensweise für Übeltäter aller Art, vom Schulhofrowdy bis zum Staatsmann. Aber so einfach lassen wir uns nicht unterkriegen.«

»Witzbold«, schniefte Lizzie. »Hast du denn gar keine Angst?«

»Nach fünfundzwanzig Jahren Polizeiarbeit reicht das nicht, um mich einzuschüchtern.«

»Aber für mich reicht das. Ich bin keine Polizistin. Ich weiß gar nicht, was ich mir bei diesem Detektivabenteuer gedacht habe.«

Lizzie begann ziellos im Raum umherzulaufen.

»Adam, ich muss hier raus, ich kann nicht mehr. Ich muss sofort hier raus.«

»Ja, ist vielleicht das beste, wenn wir's für heute einfach mal gut sein lassen. Ich bringe dich nach Hause.«

13

Am nächsten Morgen war Adam schon früh zuhause aufgebrochen. Er hatte heute darauf verzichtet, bei Lizzie, die im gleichen Haus wohnte, zu klingeln. Sie hatte ihn gestern darum gebeten, sie brauchte etwas Zeit für sich. Gegen sieben Uhr stand er vor den Büroräumen der Detektei Adam Starck & Partner.

Von hier draußen sah alles aus wie immer, abgesehen von den kleinen Kratzern am Türschloss. Für einen Moment hoffte er, dass alles nur ein böser Traum gewesen wäre. Gleich würde ihn der Duft von frischem Kaffee empfangen und Lizzie würde bereits an ihrem Computer sitzen und für ihre Spezialkunden arbeiten.

Adam drückte mit einem Finger die angelehnte Tür auf. Kein Traum. Noch immer überall Chaos.

Er ging langsam durch das Trümmerfeld in die kleine Küche. Der Inhalt der Küchenschränke war auf dem Fußboden verteilt, mittendrin lag die neue Kaffeemaschine. Er hob sie auf, stellte sie an ihren Platz und schaltete sie ein. Immerhin, das Anzeigepanel erwachte zum Leben.

Er fischte eine Tasse vom Fußboden, drückte auf den Knopf für doppelten Espresso und als die Maschine tatsächlich funktionierte, zog ein Lächeln über sein Gesicht. Während die Maschine rappelte, öffnete er in allen Räumen die Fenster, um die frische Morgenluft hereinzulassen.

Er schnappte sich den fertigen Kaffee, ging in sein Büro und stellte seinen Stuhl wieder an den Schreibtisch. Dann setzte er sich, legte die Füße auf den Tisch und sog den Kaffeeduft ein.

»Ärger mit der Putzfrau?« Don Pablo stand in der Tür, beide Hände in den Hosentaschen, und betrachtete nachdenklich das Chaos.

»Eher mit der Kundschaft«, antwortete Adam. »Ich fürchte, wir sind jemandem auf den Schlips getreten. Hast du gestern irgendetwas Auffälliges bemerkt? Ist bei euch vielleicht ein Glatzkopf mit einem Bart oder ein stoppelhaariger Typ mit einem schwarzen BMW aufgetaucht?«

»Bei uns im Laden gehen ständig Kunden ein und aus. Mir ist keiner, der so aussah, aufgefallen. Ich kann mal meine Leute fragen, aber mach dir nicht allzu viel Hoffnung. Hast du schon die Polizei gerufen?«

»Das macht keinen Sinn, das kann ich mir sparen. Ich gehe davon aus, dass hier Profis am Werk waren. Die haben mit Sicherheit keine verwertbaren Spuren hinterlassen. Da nur Sachschaden entstanden ist, würde der Fall ohnehin nicht besonders dringlich behandelt werden. Und sogar wenn sie eine Verbindung zu meiner Kundschaft nachweisen könnten, hätte ein guter Anwalt keine Mühe, den Fall jahrelang hinzuziehen und schließlich im Sande verlaufen zu lassen.«

Don Pablo sah ihn nachdenklich an. »Wie du meinst. Aber sag deiner feinen Kundschaft, sie sollen ihre Zerstörungswut auf dein Büro beschränken und meinen Laden in Ruhe lassen.« Don Pablo drehte sich um und machte sich wieder auf den Weg in seinen Laden. »Viel Spaß beim Aufräumen«, rief er beim Verlassen des Büros.

Adam starrte Don Pablo noch einen Moment hinterher. Dann rückte er seinen Stuhl zurecht und schnappte sich das Telefon. Er rief zuerst einen Schlüsseldienst an, um ein neues Schloss zu bestellen. Danach wählte er die Nummer von Lizzie. Die Mailbox ging ran.

»Hallo Lizzie, ich bin schon im Büro und fange jetzt an aufzuräumen. Unsere Kaffeemaschine funktioniert schon wieder. Melde dich mal, wenn du das hörst«, sagte er und legte auf.

Als er seinen Kaffee ausgetrunken hatte, machte sich Adam daran, Ordnung zu schaffen. Raum für Raum stellte er die Möbel zurück, hängte die Bilder wieder auf, schraubte die Lampen an und beseitigte mit dem Staubsauger den Schmutz, den die Verwüstung hinterlassen hatte. Zwischendurch kam auch der Schlüsseldienst und brachte ein neues Schloss an.

Nach vier Stunden Arbeit ging Adam zufrieden durch die Räume. Einige Bilder hatten Sprünge, einige Lampen waren zerbrochen, einige Möbel sahen aus, als würden sie vom Sperrmüll stammen, aber immerhin, Adam Starck & Partner war wieder im Rennen. So billig kriegt ihr uns nicht klein, dachte er. Er zog sein Handy aus der Tasche und rief noch einmal Lizzie an.

Wieder nur die Mailbox. Adam sah sein Handy ungläubig an, dann sprach er eine neue Nachricht auf: »Hallo Lizzie, wo steckst du denn? Ich habe inzwischen das Büro wieder aufgeräumt. So einigermaßen, jedenfalls. Ich denke, wir sind wieder einsatzfähig. Du müsstest noch neue Computer besorgen. Den neuen Schlüssel hinterlasse ich bei Don Pablo. Melde dich doch mal. Ich mache mir Sorgen.«

Adam legte auf und ging ins Badezimmer, um sich die Hände zu waschen. Als er aufsah, bemerkte er, dass hinter dem Spiegel ein Stück buntbedruckte Pappe hervorlugte. Er zog daran und hielt ein Streichholzbriefchen mit Restaurantwerbung in der Hand. EPICURE stand darauf.

Adam starrte das Streichholzbriefchen ungläubig an. Verdammt, was sollte das jetzt? Was hatte die alte Geschichte mit Daniel Caldera zu tun? Wussten die Einbrecher von der Schießerei vor dem Epicure und dass er seine Kollegin verloren hatte? War das eine Drohung? War Lizzie in Gefahr? Oder steckten dieselben Leute, die für die Schießerei verantwortlich waren, auch hinter Daniels Verschwinden, und sie wollten ihn das wissen lassen? Aber wozu?

Adam ging zurück in sein Büro. Er stellte sich ans Fenster und betrachtete das bunte Streichholzbriefchen noch einmal genau, entdeckte aber keine weiteren Anhaltspunkte. Schließlich knüllte er es zusammen und warf es wütend in den Papierkorb. Er ging ein paarmal auf und ab, schnappte sich den Papier-

korb, holte es wieder heraus und steckte es in die Brust-
tasche seiner Jacke. Er nahm sein Handy und wählte
Lizzies Nummer. Wieder der Anrufbeantworter.

14

Lizzie wachte mit einem Brummschädel auf. Die Uhr zeigte viertel nach eins. Seit ihrer Studentenzeit hatte sie nicht mehr so lange geschlafen.

Sie setzte sich auf die Bettkante, rieb sich die Augen und sah vor sich auf dem Parkettboden eine leere Rotweinflasche. Sie stand auf, kämpfte einen Moment gegen den Schwindel und die Übelkeit, dann tappte sie unsicher in Richtung Küche. Auf dem Weg sammelte sie eine weitere leere Weinflasche vom Couchtisch ein.

Beim ersten Kaffee kehrte langsam die Erinnerung zurück. Nachdem Adam sie nach Hause gebracht hatte, hatte sie sich mit Rotwein und Chips vor den Fernseher gesetzt und auf Netflix eine amerikanische Serie angesehen. Blacklist, James Spader als hochintelligenter Superverbrecher, der seine Umgebung manipuliert, ohne, dass die Betroffenen es merken. Eine Folge nach der anderen, sie konnte sich an keine einzige erinnern.

Nachdem sie ausgiebig geduscht hatte, stand sie vor ihrem Kleiderschrank. Eine zerrissene Jeans und ein altes The Mourning Sons T-Shirt waren genau das richtige für heute.

Als Nächstes holte sie ihr Handy unter der Couch hervor. Es war abgeschaltet, und genau so sollte es auch bleiben. Sie war noch nicht bereit für die Realität.

Lizzie schnappte sich ihre Lederjacke und verließ ihre Wohnung. Erst mal frische Luft schnappen. Zum Glück war schönes Wetter. Überall sah man schon den Frühling, auch die Laune der Leute schien besser zu werden.

Sie lief ziellos durch Eimsbüttel. Eigentlich gar nicht so schlecht, an einem Werktag nachmittags einfach mal so spazieren zu gehen. In der Osterstraße lockte sie der Duft aus einem kleinen, portugiesischen Café. Genau das Richtige, dachte sie. Erst mal frühstücken. Sie bestellte sich einen großen Milchkaffee, ein Croissant mit Käse und als Krönung zwei Natas. Dann setzte sie sich an einen Tisch am Fenster und sah sich in aller Ruhe das geschäftige Treiben in der Einkaufsstraße an. Sie versuchte, an gar nichts zu denken.

»Hey, Lizzie, was für ein Zufall. Was machst du denn hier?«

Lizzie schrak auf. Vor ihr stand freundlich lächelnd Paul Olsen.

»Oh, Paul, guten Morgen«, Lizzies Laune besserte sich schlagartig. »Komm, setz dich zu mir!«

»Morgen ist gut.« Paul winkte dem Mann hinter dem Tresen zu, den er augenscheinlich gut kannte. Er bestellte einen Kaffee und setzte sich. »Harte Nacht, gestern?«

»Kann man so sagen. Kleiner Zusammenstoß mit zwei Flaschen Rotwein.«

»Ja, wenn die zu zweit waren, hattest du keine Chance. Kopfschmerzen?«

»Wenn ich nicht lache, geht's.« Lizzie grinste gequält. »Und was machst du hier? Musst du nicht arbeiten?«

»Ich bin grade auf dem Heimweg, ich wohne hier um die Ecke. Und ich wollte bei dem schönen Wetter heute einfach mal früher Schluss machen.«

Lizzie zögerte einen Moment. »Habt ihr noch irgendetwas von Daniel Caldera gehört?«

»Nö, das ist aber normal. Solange es keine Probleme gibt, hören wir nichts von ihm. Er bearbeitet seine Aufgaben, und solange alles gut läuft, haben wir keinen Kontakt.«

»Schöne, neue Welt. Irgendwann machen Computer auch unseren Job, dann brauchen die gar keine Menschen mehr«, sagte Lizzie. »Ich mache mir noch immer Gedanken über das, was Annabel gesagt hat. Du weißt schon, dass die Kommunikation irgendwie seltsam war.«

»Mhm, mir lässt das auch keine Ruhe. Weißt du was, lass uns einfach zusammen nochmal nachsehen.« Paul packte seinen Laptop aus und stellte ihn auf den Tisch. Mit einigen Mausklicks loggte er sich ins Netzwerk der ITAS ein.

»Na, dann mal los«, grinste Paul. »Wollte schon immer mal als Forensiker tätig werden.«

»Dann fangen wir doch mal bei Daniels Tickets an,

mach doch mal euer Ticketsystem auf.« Lizzie rückte näher an Paul heran.

»Hier sieht alles normal aus. Daniel hat in den letzten Wochen ununterbrochen gearbeitet. Er hat jeden Tag sein Soll an Tickets erledigt, alles in der vorgegebenen Zeit. Also auf den ersten Blick sieht man nichts Besonderes.«

»Siehst du, von wo aus er sich eingeloggt hat?«

»Aber klar.« Nach wenigen Mausklicks sagte Olsen: »Er hat immer von zuhause gearbeitet.«

»Jeden Tag?«

»Ja, ununterbrochen, jeden Arbeitstag von morgens bis abends. Auch heute, er ist grade aktiv. Also hier gibt's auch nichts Auffälliges.«

»Na ein wenig seltsam ist das schon, er wurde seit Wochen nicht mehr zuhause gesehen.« Lizzie lehnte sich zurück uns sah Olsen an.

»Technisch ist das kein Problem. Er könnte sich von sonst wo auf der Welt aus auf seinem Rechner zuhause einloggen und dann von dort aus wieder in der Firma.«

»Auch wieder wahr, also könnte er überall sein. Aber wieso benutzt er dann seinen Rechner zuhause?«

»Unser Sicherheitssystem registriert, von wo aus externe Mitarbeiter sich anmelden. Wenn Daniel sich von irgendwo anders als zuhause anmeldet, fällt das auf und wird überprüft. Daniel weiß das, und um Aufsehen zu vermeiden, verwendet er wahrscheinlich seinen Rechner zuhause als Zwischenstation. Seltsam ist aber, dass er bis vor einigen Wochen immer mit dem selben Rechner eingeloggt war. Seit drei Wochen sehe ich aber immer wieder andere Kennungen. Er scheint also plötzlich mehrere verschiedene Computer zu benutzen.«

»Das ist interessant. Kannst du rausfinden, was er so macht?«

»Hoppla, jetzt wird's spannend«, sagte Olsen plötzlich. »Ich habe mir mal angesehen, mit welchen Systemen er sich verbindet und was für Tickets er zu bearbeiten hat. Kurz und gut, er macht anscheinend nicht nur das, was er soll, sondern noch viel mehr.«

»Kannst du vielleicht erkennen, von wo aus er sich auf seinem Rechner zuhause eingeloggt hat?«

»Hab ich schon. Das Signal läuft rund um die Welt, Japan, Tonga, Russland, USA, alles dabei. Und es wechselt alle paar Minuten. Keine Chance rauszufinden, wo das wirklich herkommt. Da hat sich jemand richtig Mühe gegeben.«

»Fragt sich, warum ein ganz normaler Administrator seinen Arbeitsort derart verstecken muss. Und kannst du sehen, was er so macht?«

»Nur gucken, er sieht sich offenbar alles Mögliche an, verändert aber nichts.« Olsen lehnte sich zurück und verschränkte die Hände hinter seinem Kopf. »Also, wie ich das sehe, hat der entweder ein supergeheimes Projekt, von dem ich nichts weiß, oder er versucht uns auszuspionieren. Ich glaube fast, Daniel ist zur dunklen Seite übergelaufen.«

»Oder er ist dazu gezwungen worden«, sagte Lizzie.

»Du meinst, ein geheimnisvoller Schurke hält ihn in einem finsteren Keller gefangen und zwingt ihn, seinen Kunden auszuspionieren?«

»Na ja, wenn du das so sagst, klingt das in der Tat ein wenig unwahrscheinlich ...« Lizzie knetete versonnen eines der Zuckerpäckchen, die auf dem Tisch lagen. »Aber irgendetwas stimmt hier nicht. Und ihr solltet langsam anfangen, das ernst zu nehmen.«

15

Nach seiner Aufräumaktion hatte Adam noch mehrmals versucht, Lizzie zu erreichen. Nach dem fünften Versuch hatte er schließlich aufgegeben. Wahrscheinlich brauchte sie nach dem gestrigen Schock einfach einen Tag für sich. Er würde heute Abend mal bei ihr vorbeischauen und nach dem Rechten sehen. Jetzt musste er sich aber auf seine Arbeit konzentrieren. Er stand vor dem Wohnhaus von Daniel Caldera.

Adam klingelte bei Frau Kowalski, die auch sofort öffnete. Sie trug diesmal eine verwaschene Kittelschürze.

»Guten Morgen, Frau Kowalski«, begann Adam das Gespräch betont freundlich. »Wir sind immer noch auf der Suche nach Herrn Caldera. Haben Sie vielleicht inzwischen etwas gehört?«

»Nein«, sagte sie gedehnt. »Er war noch nicht wieder hier. Sie haben ja gestern seine Freundin getroffen, konnte die ihnen nichts sagen?«

»Leider nicht. Sie scheint sich ebenfalls Sorgen zu machen.«

»Vielleicht hätte sie sich mehr mit ihm beschäftigen sollen. Wahrscheinlich ist er mit einer anderen durchgebrannt. Sie war praktisch nie hier, wissen sie, erst seit er weg ist. Die beiden hatten wohl ein, sagen wir mal, schwieriges Verhältnis.«

»Was Sie nicht sagen«, antwortete Adam. »Sagen Sie, Frau Kowalski, wann genau haben Sie eigentlich Herrn Caldera zum letzten Mal gesehen?«

»Lassen Sie mich mal überlegen. Also, das muss vor etwa drei Wochen gewesen sein. Er hat das Haus mittags verlassen. Er macht bei schönem Wetter immer draußen Mittagspause. Sonst arbeitet er ja immer zuhause.«

»Und wissen sie, wohin er dann gegangen ist?«

»Er hat sich sein Fahrrad geschnappt und ist wahrscheinlich zum Dammtorbahnhof geradelt, hat er öfter gemacht. Er holt sich da manchmal was zum Mittagessen, da gibt's dieses Café ... Er hat sich ja immer von so ungesunden Sachen ernährt, wissen Sie? Ich habe ihm oft gesagt ...«

»Ja, danke, Frau Kowalski. Sie haben mir sehr geholfen.« Adam verabschiedete sich schnell und machte sich auf den Weg zum Bahnhof.

Er hatte Glück, noch war nicht sehr viel los, der Mittagsrun hatte noch nicht eingesetzt. Er fand das Café und ging auf den Tresen zu, hinter dem ein gemütlicher Mann mit Bistroschürze und Vollbart stand. Er bereitete die Auslage für den Ansturm in der Mittagspause vor. Adam sprach ihn an und zeigte Daniels Foto auf seinem Handy.

»Daniel Caldera? Ja, den kenne ich, kommt öfters.

Der war aber schon eine Weile nicht mehr hier. Jetzt, wo Sie fragen, kommt mir das auch etwas seltsam vor. Sonst war der zwei, dreimal die Woche zur Mittagspause hier bei uns.«

»Wann haben Sie ihn denn zum letzten Mal gesehen?«

»Das ist schon ein paar Wochen her, so drei, vier vielleicht? Er hat sich wie immer einen großen Becher Latte macchiato und dazu ein Pastrami-Sandwich geholt. Dann ist er nach drüben in den Park gegangen. Wir haben noch über Pastrami gefachsimpelt, deshalb kann ich mich so genau erinnern. Es war schönes Wetter, da wollte er sich wohl in die Sonne setzen.«

»Danke, das hilft mir weiter. Könnte ich bitte auch noch so einen Latte macchiato haben?«

Mit seinem Kaffeebecher ging Adam hinüber zu Planten un Blomen und streifte eine Weile durch den Park. Dann setzte er sich auf eine Bank und sah sich um. Wie sollte er hier nach drei Wochen Spuren eines vermissten Mannes finden?

Er hielt Ausschau nach Leuten, die regelmäßig hier sind: Rentner, Hundebesitzer, Eltern mit Kinderwagen etc. Er fragte einige Spaziergänger, ob sie etwas Auffälliges bemerkt hatten. Außer verständnislosen Blicken und einigen unfreundlichen Bemerkungen kein Ergebnis.

Nachdem er seinen ausgetrunkenen Kaffeebecher in den Papierkorb geworfen hatte, fiel sein Blick auf einen Verkäufer von Hinz und Kunzt, der Hamburger

Obdachlosenzeitung. Adam schöpfte Hoffnung, die Verkäufer standen normalerweise immer am gleichen Platz.

Adam ging zu dem Verkäufer, der ihn freundlich mit einem Kopfnicken grüßte.

»Sagen Sie«, begann Adam, »haben Sie vor etwa drei Wochen hier im Park diesen jungen Mann gesehen?« Er zeigte auch ihm das Foto von Daniel.

»Den kenne ich, ja, der war oft mittags hier. Hat mir auch regelmäßig eine Zeitung abgekauft. Und drei Wochen, das kommt in etwa hin.«

»Haben Sie am fraglichen Tag irgendetwas Besonderes bemerkt?«

»Am fraglichen Tag? Sind Sie von der Polizei? Ich hab nichts gesehen.« Der Verkäufer machte einen Schritt zurück.

»Um ehrlich zu sein, ich war mal bei der Polizei. Jetzt bin ich Privatdetektiv und suche diesen Mann, Daniel Caldera, weil er vermisst wird. Wir machen uns große Sorgen um ihn. Er wird keinen Ärger bekommen, und Sie auch nicht. Ist das das neue Heft? Ich nehme eins.«

Adam drückte dem Verkäufer einen Zehneuroschein in die Hand, nahm sein Heft und rollte es zusammen. Der Verkäufer sah ihn misstrauisch an, schien aber etwas aufzutauen. »Na ja, eigentlich war da nichts Besonderes. Er saß zunächst allein da, dann ist eine Frau gekommen, wahrscheinlich seine Freundin. Ziemlich hübsch, ein echter Hingucker, blond und so. Die haben sich erst auf der Bank unterhalten, dann sind Sie

Arm in Arm aufgebrochen und in ein Auto eingestiegen.«

»Können Sie sich vielleicht an das Auto erinnern?«, fragte Adam.

»Ich kenne mich nicht besonders gut mit Autos aus. Ich fahre lieber Fahrrad. War halt so ein schwarzer Riesenschlitten, sah recht protzig aus, wahrscheinlich das Auto vom Papi der jungen Frau.«

»Ist ihnen sonst irgendetwas Besonderes aufgefallen?«

»Er hat sein Fahrrad stehen lassen. Keine Ahnung, was damit passiert ist. Na ja, der Mann scheint ein wenig betrunken gewesen zu sein. So kenne ich ihn eigentlich gar nicht. Er hat sich komisch verhalten. Unsicherer Gang und so. War wohl nicht in der Verfassung Fahrrad zu fahren.«

»Und danach haben Sie ihn nicht mehr gesehen?«

»Also, jetzt wo Sie fragen … «, der Mann kratzte sich am Kinn, »tatsächlich habe ich ihn da zum letzten Mal gesehen. Glauben sie, es ist etwas passiert?«

»Wir wissen es nicht. Wenn ihnen noch etwas einfällt, rufen Sie mich bitte an.« Adam gab ihm seine Karte und verabschiedete sich.

Adam wählte noch einmal Lizzies Nummer. Wie er schon erwartet hatte, hörte er nur den Anrufbeantworter. »Hallo Lizzie, hab eben eine Spur von Daniel in Planten un Blomen gefunden. Offensichtlich ist er mit einer blonden Frau in einem großen schwarzen Auto verschwunden. Ich frage mich, ob das der BMW war, der uns ständig begegnet. Und die Beschreibung der blonden Frau passt auf seine Freundin, aber das macht irgendwie keinen Sinn. Ich gehe jetzt nochmal in seine Wohnung, vielleicht finde ich raus, wer diese Freundin eigentlich ist.«

16

Adam stand seit etwa zwanzig Minuten am Stehtisch des kleinen Kiosks schräg gegenüber des Wohnhauses von Daniel Caldera. Vor sich eine angebissene Bockwurst mit Senf und eine Dose Cola. Direkt vor dem Wohnhaus parkte der schwarze BMW, der Wagen war leer. Adam beobachtete die Straße aufmerksam, von dem Fahrer des Autos war nichts zu sehen.

Er widmete sich wieder seiner Bockwurst. Als er fertig war, nahm er sein Handy aus der Tasche. Noch immer keine Nachricht von Lizzie. Er dachte kurz daran, sie noch einmal anzurufen, aber eine weitere Nachricht auf ihrer Mailbox zu hinterlassen, würde auch keinen Sinn machen. Langsam machte er sich Sorgen.

Plötzlich öffnete sich mit einem lauten Geräusch die Haustür, der kantige Mann mit den Stoppelhaaren, den Adam nach dem Einbruch ins Büro gesehen hatte, polterte auf die Straße. Er blieb stehen, sah sich hektisch um. Dann ging er breitbeinig und vor sich hin fluchend auf sein Auto zu. Zwei Frauen, eine mit einem Kinderwagen, die andere mit einem kleinen Hund, standen vor der Fahrertür des BMW auf dem Gehweg und unterhielten sich.

»Weg da, macht Platz!«, fuhr der Mann sie an.

»Na, na, na, nun mal langsam, junger Mann«, erwiderte die Hundebesitzerin.

»Quatsch nicht rum, geh zur Seite!«, blaffte er sie an. Die Frau zuckte zurück. »Und du halt die Klappe!«, schrie er den Hund an, der seine Besitzerin offenbar verteidigen wollte. Als er zu einem Fußtritt ausholte, trat die Hundebesitzerin vor ihn und kreischte ihn an: »Hast du noch alle Tassen im Schrank? Was glaubst du eigentlich, wer du bist? Hüpf in deine Protzkarre und verschwinde hier.«

Zwei Männer, die zufällig vorbei kamen, stellten sich neben die Frau. »Alles in Ordnung? Können wir helfen?«

Fluchend stieg der wütende Mann in seinen Wagen und fuhr mit aufheulendem Motor und mit quietschenden Reifen davon. Die beiden Frauen blieben kopfschüttelnd zurück.

Adam sah zum Fenster von Daniel Caldera hinauf. Er hätte schwören können, dass sich in der Wohnung etwas bewegt hat.

Er warf die Reste seiner Mahlzeit in den Abfalleimer, fegte die Krümel vom Stehtisch und ging auf die offengebliebene Haustür zu. Als er eben seinen Fuß auf die erste Treppenstufe setzen wollte, öffnete sich eine Wohnungstür im Erdgeschoss. Die Hausmeisterin trat heraus.

»Ach, Herr Starck, gut dass ich Sie gerade treffe.«

»Ja, guten Tag, Frau Kowalski. Was für ein Zufall.«

»Sie suchen doch immer noch Herrn Caldera, nicht wahr? Also, der ist leider noch nicht wieder aufgetaucht. Aber seine Freundin ist grade in der Wohnung. Und sie hatte Besuch von diesem unangenehmen Menschen, der eben weggefahren ist. Sie haben das sicher auch beobachtet, nicht wahr? Sie haben heftig gestritten, ganz fürchterlich.«

Frau Kowalski rückte dicht an Adam heran und hielt sich die Hand an den Mund. »Nicht, dass ich gelauscht hätte, aber man hätte glauben können, dass die beiden ein altes Ehepaar sind. Also wenn ich Sie irgendwie unterstützen kann ...«

»Vielen Dank, Frau Kowalski, gut dass Sie so aufmerksam sind. Sie sind wirklich sehr hilfreich für unsere Ermittlungen. War denn sonst noch jemand da?«

»Nein, nur der Mann von eben. Ich glaube, der hat die junge Frau auch geschlagen, es gab ziemlichen Krach, da oben. Oder sie hat ihn geschlagen, wer weiß. Die junge Frau scheint ziemlich herrisch zu sein, wenn Sie wissen, was ich meine.« Sie zwinkerte Adam zu. »Der Mann war ja ganz außer sich, als er ging.«

Adam zog erstaunt eine Augenbraue hoch. »Also ...«

»Glauben Sie, der hat etwas mit dem Verschwinden von Herrn Caldera zu tun? Unter uns gesagt, dem traue ich alles zu, ein unangenehmer Mensch. Man bekommt ja direkt Angst, wenn sich solche Leute hier herumtreiben.«

»Also, danke nochmal ...«

»Ich habe gerade ein Kännchen Tee aufgesetzt, Herr

Starck. Möchten Sie vielleicht ein Tässchen? Ich habe auch noch Kuchen. Ich könnte ihnen dann mehr über Herrn Caldera erzählen.«

»Ein andermal vielleicht, Frau Kowalski, vielen Dank. Ich sehe oben mal eben nach dem Rechten. Wer weiß, was da passiert ist, vielleicht braucht die junge Dame Hilfe.«

Adam stieg die Treppe hoch, Frau Kowalski blieb unten stehen und sah ihm nach. Er klingelte, aber nichts rührte sich. Dann klopfte er. »Hallo, hier ist nochmal Adam Starck. Bitte machen Sie auf, ich weiß, dass Sie da sind.«

Adam lauschte einen Moment. Wieder regte sich nichts in der Wohnung. Er klopfte erneut und legte sein Ohr an die Tür.

»Machen Sie bitte auf, ich habe nur einige Fragen, es geht um Ihren Freund, Herrn Caldera. Ich habe Sie von der Straße aus gesehen. Und ich kann hören, dass Sie da sind.«

Nach einigen Sekunden hörte Adam zunächst ein leises Rascheln in der Wohnung, dann eine Stimme: »Sie gehen mir echt auf die Nerven. Ich habe ihnen nichts zu sagen, bitte gehen Sie, Sie machen alles nur noch schlimmer.«

»Ich kann ihnen helfen, machen Sie bitte auf, ich will nicht das ganze Haus zusammen schreien. Die Nachbarn werden schon neugierig.« Adam beugte sich über das Geländer und sah zu Frau Kowalski hinunter, die am Fuß der Treppe die Stellung hielt und ihm ermutigend zunickte. »Bitte, es wird nicht lange dauern.«

Schließlich drehte sich ein Schlüssel im Schloss. Die Tür ging einen Spalt auf, die junge Frau sah ihn mit zerzaustem Haar und leicht verschmiertem Make-up an.

»Was wollen Sie? Ich habe Ihnen nichts zu sagen.«

»Bitte, lassen Sie uns drinnen reden. Ich habe nur ein paar Fragen.«

»Ach, was soll's. Wenn Sie unbedingt wollen, ich werde Sie ja doch nicht los.« Sie öffnete die Tür einen Spalt, drehte sich wortlos um und ging in die Wohnung. Hinter ihr schwebte eine betörende Duftwolke. Sie war barfuß, trug einen kurzen Rock und ein viel zu großes, graues Sweatshirt, offenbar eines von Daniel. Adam folgte ihr.

17

»Und jetzt? Was wollen Sie jetzt von mir?«, fragte die junge Frau. Sie stand mit verschränkten Armen in der Mitte des Wohnzimmers. »Warum belästigen Sie mich andauernd?«

Adam sah sich um. Die Wohnung war unverändert, seitdem Adam und Lizzie eingedrungen waren. Es gab keine Spuren einer Auseinandersetzung. Neu waren lediglich eine kleine Reisetasche, die auf der Couch im Wohnzimmer stand, und ein aufgeklappter Laptop auf dem Couchtisch.

»Ich glaube, Sie wissen mehr darüber, wo Daniel ist, als Sie uns sagen wollen. Wer war der Mann, der eben bei Ihnen war, Frau … ?«

»Welcher Mann? Hier war niemand. Beobachten Sie mich? Was wollen Sie von mir?«

»Hören Sie schon auf, ich habe ihn gesehen. Der Mann, der hier vor zehn Minuten rausgegangen ist. Die Hausmeisterin hat ihren Streit gehört. Also, wer war das?«

»Die Alte soll sich mal lieber um ihre eigenen Angelegenheiten kümmern. Das war niemand, der spielt keine Rolle. Und Sie geht das überhaupt nichts an.«

»Vielleicht ja doch. Was ist mit Daniel Caldera passiert? Er wurde entführt, nicht wahr? Und man hat Ihnen gesagt, Sie sollen keine Polizei einschalten und niemandem etwas sagen. Ist es nicht so? War das eben einer der Entführer? Hat er Sie bedroht?«

Die Frau sah Adam einen Moment lang mit großen Augen an. Ihr linker Mundwinkel zuckte kurz, sie verschränkte die Arme vor der Brust. Dann drehte sie sich um, entfernte sich einige Schritte, hielt die Hände vor ihr Gesicht und begann zu weinen.

»Sagen Sie's mir, ich kann Ihnen helfen«, sagte Adam versöhnlicher. »Ich habe gute Verbindungen zur Polizei und die hat Erfahrung mit solchen Fällen. Wir haben gute Chancen, Daniel heil zurückzubringen – wenn Sie mithelfen.«

»Bitte keine Polizei, die haben gesagt, sie bringen ihn sonst um.« Sie konnte vor lauter Schluchzen kaum Luft holen. Adam trat zu ihr, legte ihr eine Hand auf die Schulter und bugsierte sie in einen Sessel. Dann holte er eine Packung Papiertaschentücher aus seiner Jackentasche und drückte ihr eines in die Hand. Sie schnäuzte sich, zog die Beine an und umklammerte ihre Knie. Ihr Schluchzen wurde immer heftiger. Adam reichte ihr noch einige Papiertaschentücher, bis sie sich nach einigen Minuten wieder fasste. Sie wischte sich mit dem Ärmel ihres Sweatshirts die Tränen aus dem Gesicht.

»Ich – ich habe vor drei Wochen einen Anruf von Daniel erhalten. Er sagte mir, dass er eine Weile nicht kommen könne, er sagte aber nicht warum. Ich solle mir keine Sorgen machen. Er hat schnell wieder aufgelegt und seine Stimme klang irgendwie ängstlich, so als würde er bedroht. Ich habe dann versucht, zurückzurufen, aber er ging nicht mehr an sein Handy. Da war immer nur die Mailbox. Ich glaube, ich habe hundert Nachrichten hinterlassen.« Sie begann wieder zu schniefen.

»Wohnen Sie hier in dieser Wohnung?«, fragte Adam.

Sie sah ihn überrascht an. »Nein, ich habe eine eigene Wohnung. Ich komme nur oft vorbei, vielleicht ist Daniel ja da, hoffe ich immer. Aber er ist nicht da. Er ist verschwunden. Die haben ihn entführt.«

»Und die Entführer haben nichts gefordert?«

»Von mir nicht. Ich habe ja auch nichts. Wir sind keine reichen Leute, Daniel und ich. Ich weiß auch gar nicht, warum jemand Daniel entführen sollte.«

»Vielleicht geht es um seine Arbeit?«, fragte Adam.

»Daniel macht doch nichts Besonderes, Computerkram, keine Ahnung. Deshalb wird man doch nicht entführt. Vielleicht will jemand seine Familie erpressen, die haben ein kleines Weingut. Ich glaube aber nicht, dass die besonders viel Geld haben. Ich habe versucht, da anzurufen, habe aber niemanden erreicht.«

»Und ihr Besucher von eben? Was hat es mit dem auf sich?«, fragte Adam.

»Gar nichts, das war irgendein Bekannter von Daniel, der wegen irgendetwas sauer auf ihn ist. Ich weiß nicht, warum. Der hat nichts mit alledem zu tun.«

Adam sah sie ungläubig an. »Das klingt alles sehr fadenscheinig.«

»Aber es ist die Wahrheit, bitte glauben Sie mir. Ich habe keine Ahnung, was hier vor sich geht. Ich mache mir so schreckliche Sorgen um Daniel. Hoffentlich geht es ihm gut.« Sie sah Adam mit verweinten Augen an. »Ich könnte jetzt einen Schluck vertragen. Möchten Sie einen Brandy? Oder vielleicht Kaffee oder Tee?«, fragte sie schließlich.

»Nein danke, aber vielleicht ein Glas Wasser«, antwortete Adam nachdenklich.

Sie stand auf und ging auf den Fußballen in die Küche. Adam sah sich im Zimmer um. Als sie wieder kam, hatte sie den Sweater ausgezogen und trug nur noch ein schwarzes Top mit Spaghettiträgern über ihrem Minirock. Dazu trug sie hochhackige Schuhe. Ihr Make-up sah wieder tipptopp aus. Adam fragte sich, wie sie das in der kurzen Zeit schaffen konnte.

»Bitte, Sie müssen mir glauben«, sagte sie und drückte Adam ein Glas in die Hand. »Wollen Sie nicht ihre dicke Jacke ausziehen? Hier ist es ziemlich warm.«

»Es geht schon, danke«, sagte Adam. Sie stellte sich ein kleines Stück näher zu ihm.

»Ich heiße übrigens Tessa, Tessa Sax.«

»Angenehm. Meinen Namen kennen Sie ja schon.« Adam nahm einen Schluck von seinem Wasserglas. »Ich mache mir solche Sorgen«, sagte sie plötzlich und begann wieder heftig zu weinen. »Bitte hilf mir, Adam! Bitte. Ich habe Angst.« Damit fiel sie Adam um den

Hals. Er konnte gerade noch sein Wasserglas in Sicherheit bringen. Er zögerte, dann strich er ihre langen, blonden Haare zur Seite. Sie drückte sich an ihn.

Er atmete tief durch und trat dann vorsichtig einen Schritt zurück. Er richtete seine Jacke. »In der Regel stehen die Chancen ganz gut, Entführungsopfer zu befreien«, sagte er sachlich. »Aber Sie müssen unbedingt die Polizei involvieren. Ich schreibe Ihnen eine Telefonnummer auf. Sie gehört Claire Muller im Morddezernat, ich kenne sie sehr gut. Sie ist zwar nicht für Entführungen zuständig, aber sie kann ihnen weiterhelfen und die richtigen Leute involvieren.«

Adam schrieb eine Nummer auf eine herumliegende Zeitschrift. Tessa sah ihn mit traurigen Augen an. »Wieso Morddezernat? Glauben Sie … Ich kann da nicht anrufen, die werden Daniel etwas antun.«

»Ich gehe jetzt, aber ich werde mich sicher wieder bei ihnen melden. Bitte rufen Sie umgehend die Nummer an und erzählen Sie das, was Sie mir erzählt haben. Frau Muller wird ihnen sofort weiterhelfen. Das ist die einzige Chance für Daniel, glauben Sie mir.«

Adam verließ die Wohnung. Langsam stieg er die Stufen hinunter. Auf dem Treppenabsatz drehte er sich noch einmal um und sah nach oben. Tessa stand in der Tür und sah ihm hinterher. Adam nickte ihr kurz zu, sie wand sich ab und ging zurück in die Wohnung. Adam glaubte, für einen kurzen Moment ein verächtliches Grinsen auf ihrem Gesicht gesehen zu haben.

18

Als Adam wenig später das Büro betrat, saß Lizzie an seinem Schreibtisch und richtete einen neuen Laptop ein.

»Bin gleich fertig«, begrüßte sie ihn, ohne aufzusehen.

Adam ließ sich auf sein Sofa fallen und sah sie an. »Ist alles in Ordnung mit dir? Ich habe mir Sorgen gemacht.«

»Geht schon wieder, ich brauchte nur mal etwas Abstand.« Lizzie klappte Adams Laptop zu. »So, das war's. Es ist alles genau wie vorher, du wirst keinen Unterschied merken.«

»Na, wenigstens die Computer kann man wieder herstellen. Jetzt bräuchten wir nur noch ein Backup für unsere Einrichtung.«

»Ja, schön wär's. Ich denke, das wird uns einige Arbeit kosten, den Laden wieder schick zu machen.«

»Und was ist mit dir?«, fragte Adam. »Es ist nicht leicht, mit solchen Gewalterfahrungen umzugehen. Annabels angeblicher Unfall, der Einbruch, der Anschlag auf uns. Kommst du damit klar?«

Lizzie stand von Adams Schreibtisch auf und setzte

sich zu ihm in die Sitzecke. »Ich gebe zu, das war schon ein wenig viel für mich. Aber ja, ich schaff das schon. Lass uns einfach diese Scheißkerle drankriegen. Das schulden wir Annabel und irgendwie brauchen wir das auch für uns.«

Adam nickte nachdenklich. »Hast du was von Annabel gehört?«

»Ich habe mit dem Krankenhaus telefoniert. Sie liegt im Koma, mehr sagen mir die Ärzte nicht. Ich darf leider noch nicht zu ihr.«

»Hm«, brummte Adam.

»Ich habe Neuigkeiten zu Daniel«, sagte Lizzie und erzählte von ihrer Begegnung mit Paul Olsen. Adam berichtete von seinem Besuch bei Tessa Sax.

Lizzie stand auf und holte zwei Flaschen Bier aus dem Kühlschrank in der Kaffeeküche. Sie setzte sich wieder, reichte Adam eine Flasche und prostete ihm zu. »Also, lass uns mal zusammenfassen, was wir da haben.«

»Ein Systemadministrator, der verschwunden ist, aber doch irgendwie noch da ist und seine Firma ausspioniert. Seine Freundin, die uns erzählt, dass er entführt wurde, aber es gibt keinerlei Forderungen von den Entführern. Zwei gefährlich aussehende Typen in einem schwarzen BMW und zwei Gestalten auf einem Motorrad, die uns verfolgen und die wahrscheinlich Annabels Unfall verursacht haben.«

»Da passt nichts zusammen«, sagte Lizzie. »Wenn Daniel seine Firma ausspionieren wollte, warum sollte er dann verschwinden? Es wäre doch viel unauffälliger, wenn er sich weiter ganz normal verhalten würde.«

»Und wenn er tatsächlich entführt wurde und gezwungen wird, seine Firma auszuspionieren, warum sollte er dann in Mails und Chats anders schreiben, so dass es Annabel auffällt. Wenn er verborgene Notsignale schicken wollte, hätte er sicher andere Möglichkeiten, nicht wahr?«

»Ganz genau«, sagte Lizzie. »Und da ist diese Tessa. Also, wenn mein Freund verschwinden würde, würde ich Himmel und Hölle in Bewegung setzen und vor allem die Polizei einschalten. Und ganz sicher hätte ich eine Zahnbürste in seinem Badezimmer stehen und würde seine Zimmerpflanzen nicht verdorren lassen.«

Adam stand auf und ging im Büro auf und ab. »Außerdem die Anschläge auf Annabel und auf uns. Das ist schon ziemlicher Aufwand und für die Täter auch ein Risiko. Irgendetwas soll verborgen bleiben, aber was? Worum geht es hier eigentlich?«

»Je mehr ich darüber nachdenke, desto weniger kann ich mir einen Reim auf das alles machen«, sagte Lizzie und nippte von ihrer Bierflasche.

»Aber der Kern der Sache ist doch der verschwundene Daniel Caldera«, sagte Adam. »Ich glaube, wir sollten damit zur Polizei gehen. Wenn auch nur der Verdacht einer Entführung besteht, müssen wir das anzeigen. Und als Detektive sind wir dazu auch verpflichtet. Die Polizei kann mit sowas umgehen.«

»Im tiefsten Inneren bist du immer noch so ein

bisschen Polizist, nicht wahr?«, sagte Lizzie grinsend.

»Hat man so drin«, antwortete Adam. »Lass uns morgen früh mal zu Claire gehen. Mal sehen, was dabei rauskommt.«

19

Am nächsten Morgen fuhren Adam und Lizzie zum Kommissariat. Nachdem er den Motor abgestellt hatte, starrte Adam einen Moment lang nachdenklich auf die vertraute Eingangstür.

»Na, kalte Füße?«, fragte Lizzie.

»Besonders spaßig finde ich es jetzt nicht, hier zu sein. Das wird gleich ein ziemlicher Spießrutenlauf. Aber andererseits, ohne Polizei geht's nicht.«

»Los, auf geht's! Sei ein Mann!«, sagte Lizzie schließlich und sprang aus dem Auto.

Adam stieg ebenfalls aus. Lizzie hielt ihm bereits die Glastür zum Kommissariat auf und grinste dabei schelmisch.

Im Empfangsbereich hielten sich vier Polizisten auf und waren in ein Gespräch vertieft. Als Adam eintrat, verstummte das Gespräch schlagartig. Alle Augen richteten sich auf ihn.

»Einen schönen, guten Morgen, die Herren Exkollegen«, rief er in den Raum. »Wie geht's denn so?« Niemand antwortete.

Er drehte sich zu der Frau am Empfang, die er nicht kannte, und sagte laut: »Guten Morgen, wir sind

Lizzie Schmidt und Adam Starck von der Detektei Adam Starck & Partner. Wir haben einen Termin bei Claire Muller.«

Lizzie drehte sich um und lächelte in die vier skeptischen Gesichter, die sie unverhohlen beobachteten.

Die Frau sah Adam an, dann ihre Kollegen und dann wieder Adam. »Guten Tag Herr Starck, ich sehe mal nach«, antwortete sie und fing an, auf ihrer Computertastatur zu tippen.

»Lassen Sie sich von dem jubelnden Empfangskomitee nicht irritieren, ich habe bis vor Kurzem hier gearbeitet. Ihre Kollegen kennen mich noch, nicht wahr?« Adam nickte den Polizisten zu und lächelte sie übertrieben freundlich an.

»Ja, hier hab ich es. Neun Uhr. Ich melde sie eben an.« Die Frau nahm den Telefonhörer ab, um Claire anzurufen.

»Ihr seid ja überpünktlich«, rief Claire, die im selben Moment den Empfangsbereich betrat. »Schön, dass ihr schon da seid, kommt mit in den Besprechungsraum.« Und an ihre Kollegen gewandt: »Ihr könnt dann ruhig weiterarbeiten, den Rest schaffe ich allein.« Langsam setzte wieder geschäftiges Gebrabbel ein.

Der Besprechungsraum war nüchtern und zweckmäßig eingerichtet. Ein Tisch, acht Stühle aus grauem Stahlrohr und Sperrholz, ein nicht ganz sauberes Whiteboard und an der Wand ein nicht mehr ganz aktueller Stadtplan von Hamburg. Das einzige Fenster ging zum Lieferanteneingang, von draußen war ein

Fliegengitter angeklebt. Ein LKW parkte direkt davor. Nichts hatte sich verändert. Adam erinnerte sich an die vielen Stunden, die er schon hier unter dem kalten Neonlicht verbracht hatte. Er fragte sich, ob es schon immer so komisch gerochen hatte, nach einer Mischung aus Autoabgasen, Desinfektionsmittel und lange getragenen Socken.

Sie hatten sich eben gesetzt, Claire hatte einige Plastikflaschen Wasser auf den Tisch gestellt, da öffnete sich die Tür. Hauptkommissar Claus Edmond, Adams ehemaliger Kollege, betrat zusammen mit Kriminaloberrat Karl Lehmann, Adams ehemaligem Chef, den Raum. Sie nickten beide kurz zur Begrüßung und setzten sich dann ebenfalls an den Konferenztisch.

»Wie läuft denn das Detektivgeschäft?«, begann Edmond. »Ihr habt doch bestimmt schon jede Menge lukrative Fälle, nicht wahr? Ihr sollt ja auch recht schicke Büroräume haben, was man so hört. Und ein neues Auto ist auch bald fällig.«

»Oh, wir können nicht klagen«, antwortete Adam. »Es besteht großer Bedarf an qualifizierten Ermittlern. Die Behörden kommen ja doch mehr und mehr an ihre Grenzen.«

Edmond beugte sich drohend nach vorn. Lehmann legte ihm die Hand auf den Arm. »Ich sehe, wir verstehen uns noch immer sehr gut. Adam, Claire hat erzählt, ihr habt möglicherweise einen Entführungsfall. Es ist gut, dass ihr damit zu uns gekommen seid.

Wie du weißt, legen wir großen Wert auf eine gute Zu-sammenarbeit mit freien Ermittlern, im Interesse der schnellen Aufklärung von Straftaten. Wir begrüßen es auch sehr, wenn private Ermittler sich an die vom Ge-setz vorgegebenen Grenzen halten und rechtzeitig die zuständigen Behörden involvieren.«

Adam sah Lehmann verwirrt an, doch bevor er ant-worten konnte, begann Lizzie zu erzählen. Sie schilder-te den Fall in allen Einzelheiten: Annabels Verdacht, die Erkenntnisse der Untersuchung bei der ITAS, die seltsame Freundin von Daniel Caldera und auch den Unfall von Annabel und den Anschlag auf Adams Auto.

»Also, das ist doch alles Humbug«, begann schließ-lich Edmond. »Ich glaube, ihr steigert euch da in etwas hinein. Wahrscheinlich lässt sich alles ganz einfach er-klären. Wir haben hier keine Zeit für solche Geschich-ten.«

»Das sind keine Geschichten, Claus. Ich habe An-nabel kennengelernt, sie ist durchaus vertrauenswür-dig. Unsere Recherchen haben ihren Verdacht erhärtet. Und Daniel Caldera wurde tatsächlich seit drei, vier Wochen nicht mehr gesehen. Und schließlich noch die Schüsse auf mein Auto, das allein reicht doch schon für eine Ermittlung.«

»Aber Caldera ist eben nicht als vermisst gemeldet worden. Seine Freundin hätte sich doch gemeldet, wenn er wirklich verschwunden wäre, nicht wahr? Wir haben keinerlei Hinweis darauf, dass er entführt wor-den wäre, es gibt keine Lösegeldforderungen. Ganz im

Gegenteil, er erledigt korrekt seine Arbeit.« Edmond schüttelte den Kopf und sah Adam und Lizzie an und lehnte sich mit verschränkten Armen zurück. »Also, ich glaube nicht an eine Entführung. Er sitzt irgendwo am Strand und genießt die Sonne oder pilgert auf dem Jakobsweg oder was weiß ich. Und was den Unfall von Frau Blum betrifft: Sie ist nachweislich in einem Baustellenbereich mit stark überhöhter Geschwindigkeit gefahren. Es tut mir ja leid um Ihre Freundin, Frau Schmidt, aber so kommt es nun mal zu Unfällen. Es werden ja nicht zum Spaß Geschwindigkeitsbegrenzungen aufgestellt. Außerdem konnten wir noch keinen Zeugen finden, der die These bestätigt hätte, dass noch ein weiteres Fahrzeug beteiligt gewesen wäre.«

Adam fühlte Zorn in sich aufsteigen. »Und wie erklärst du die Schüsse auf mein Auto?«

»Jugendliche Rowdys, die mit Schusswaffen herumspielen. Sowas haben wir öfter«, antwortete Edmond kalt. »Wenn jemand einen Anschlag auf euch geplant hätte, dann hätte er auf euch geschossen und nicht einfach auf das Auto.«

Lehmann stand auf. »Wir können nichts tun, Claire. Es liegt keinerlei Hinweis auf eine Straftat im Zusammenhang mit Daniel Caldera vor. Bezüglich der Schüsse auf Adams Auto werden wir natürlich wegen Sachbeschädigung und gefährlichen Eingriffs in den Straßenverkehr ermitteln. Der Vorgang wird an die zuständige Abteilung weitergeleitet. Es tut mir leid. Adam, Frau Schmidt, wir können nichts weiter machen. Uns sind die Hände gebunden.«

Edmond stand ebenfalls auf und öffnete mit trium-
phierender Mine seinem Chef die Tür. Lehmann drehte sich im Hinausgehen noch einmal um. »Claire,
wenn ihr hier fertig seid, komm doch bitte umgehend
in mein Büro.«

»Na, das ist ja super gelaufen«, sagte Claire, als sie
allein waren. »Jetzt stehen wir da, wie die Idioten. Aber
irgendwie hat Lehmann leider recht. Wir haben keinen
echten Grund, Ermittlungen zu starten. Nicht ohne
eine Vermisstenanzeige oder irgendeinen handfesten
Anhaltspunkt, dass Caldera etwas zugestoßen ist.«

»Oder eine Leiche, wenn es dann zu spät ist.« Lizzie
umklammerte ihre Wasserflasche. »Claire, du kennst
die Fakten. Das alles stinkt zum Himmel, da ist etwas
faul. Wir müssen dem auf den Grund gehen. Ich bin
mir sicher, dass Caldera irgendwo festgehalten und
gezwungen wird, seine Firma auszuspionieren. Und
sei ehrlich, du glaubst doch auch, dass da irgendetwas
faul ist.«

»Ja, sogar oberfaul. Aber es gibt keinerlei Beweise.
Mit dem, was wir haben, brauchen wir nicht zur Staatsanwaltschaft zu gehen. Die werfen uns hochkantig
raus. Und unser Herr Lehmann müsste sich dann im
Golfclub die Witzeleien des Herrn Oberstaatsanwalts
anhören. Nicht auszudenken.«

Claire lehnte sich mit einem resignierten Gesichts-
ausdruck zurück. »Die einzige greifbare Spur, die wir
haben, ist diese Tessa, und so seltsam sie auch sein
mag, wir können ihr keine Straftat vorwerfen.«

Adam stand auf und lief im Raum umher. Er blieb einen Moment vor dem alten Stadtplan stehen, dann drehte er sich um, stützte die Hände auf den Tisch und sagte: »Dann lasst uns genau da nochmal ansetzen. Wir müssen Tessa aus der Reserve locken. Wir müssen sie zu irgendeiner Aktion provozieren, und ich habe auch schon eine Idee. Claire, ich fürchte, wir brauchen nochmal deine Hilfe.«

20

Knappe zwei Stunden später polterte eine Frau mit einem Cabin Trolley in der Hand die Treppen zu Daniel Calderas Wohnung hoch. Sie klingelte, und als keine Reaktion erfolgte, klopfte sie lautstark an die Tür.

»Daniel, nun mach schon auf. Hörst du schlecht? Ich bin's, Maria.« Sie klopfte nochmals mit der flachen Hand an die Tür. »Jetzt mach schon auf, ich weiß, dass du da bist.«

Schließlich öffnete sich die Tür.

»Wer sind Sie denn? Wo ist Daniel?«

»Ich bin Tessa, seine Freundin, und wer sind sie?«

»Ich bin Maria Caldera, Daniels Schwester. Ich komme gerade aus Kopenhagen und will für einige Tage hier in Hamburg bleiben, bevor ich wieder nach Hause fahre. Hat Daniel nichts gesagt? Sieht ihm ähnlich. Er hat auch nichts von einer Freundin erzählt. Wie lange geht das denn schon?«

Tessa sah sie verblüfft an.

»Also kann ich jetzt reinkommen oder soll ich hier im Treppenhaus übernachten. Wo ist denn jetzt Daniel? Kommt er bald nach Hause?«

»Äh, er ist noch bei der Arbeit. Also, ja, er wird sicher bald da sein.«

»Ich richte mich dann schonmal ein. Ich nehme Daniels Schlafzimmer, er schläft dann auf dem Sofa. Machen wir immer so. Du wohnst doch nicht hier, oder? Wir können ja nachher zusammen ins Portugiesenviertel essen gehen. Ob du's glaubst oder nicht, es gibt in ganz Kopenhagen nicht ein vernünftiges portugiesisches Restaurant. Warst du mal in Kopenhagen? Wunderbare Stadt ...«

»Also ich weiß nicht, ob ich Zeit habe. Ich muss nochmal los, sag Daniel schöne Grüße von mir, wenn er kommt. Ich melde mich. Und fass seine Computer nicht an.«

Tessa schnappte sich ihre Jacke von der Garderobe, nahm ihren Laptop und ihre kleine Reisetasche und ging aus der Wohnung.

Als die Tür ins Schloss fiel, nahm die Frau ihr Handy: »Ja, Claire hier. Hat geklappt, sie ist unterwegs. Ihr hättet ihr Gesicht sehen sollen. Ich sehe mich noch ein wenig hier um und fahre dann ins Büro. Meldet euch, wenn's was Neues gibt.« Sie legte auf, steckte ihr Handy ein und begann, sich in der Wohnung umzusehen.

»Da ist sie«, sagte Lizzie und rutschte tiefer in den Beifahrersitz des Mietwagens, um nicht gesehen zu werden. Tessa stand auf dem Bürgersteig und telefonierte aufgeregt. »Was auch immer Claire ihr erzählt hat, sie scheint ziemlich irritiert zu sein. Sie läuft die Straße runter, nein, warte. Sie steigt in ein Taxi. Los, fahr hinterher!«

»Aber gern«, antwortete Adam. Sie folgten Tessa quer durch die Stadt. Das Taxi fuhr ins Hafengebiet südlich der Elbe und hielt schließlich vor dem weitläufigen Gelände eines Schrotthandels im Industriegebiet auf der Veddel. Tessa stieg aus, ging geradewegs durch das Tor und winkte in Richtung des schäbigen Bürogebäudes. Dann verschwand sie hinter einem Berg von gepressten Blechquadern, die früher Autos gewesen waren.

»Was ist das denn jetzt?«, fragte Lizzie. »Ich hätte alles Mögliche erwartet, aber nicht dass unser Blondchen mit ihren Stöckelschuhen zu einem Schrotthändler fährt.«

»Das ist in der Tat recht ungewöhnlich«, antwortete Adam. »Ich glaube, wir sollten uns das mal genauer ansehen.«

Sie stiegen aus dem Auto und überquerten die Straße. Kaum hatten sie das Gelände betreten, öffnete sich die Tür des verwahrlosten Bürohäuschens.

»He, Sie da! Was gibt's? Was machen Sie hier?« Ein etwa 60 Jahre alter Mann mit blauem Overall, Schlapphut und Gummistiefeln stand ihnen gegenüber und beäugte sie skeptisch.

»Ja, wir sind … «, begann Adam.

»Wir sind von der Modern Vision GmbH, wir produzieren Werbefilme«, fiel Lizzie ihm mit geschäftsmäßig fröhlichem Ton ins Wort. »Wir suchen gerade eine Location für einen Werbespot eines namhaften, deutschen Automobilherstellers. Und im Vorbeifahren ist uns ihr Gelände aufgefallen. Eine sehr reizvolle Umgebung durch das Spannungsfeld zwischen der bunten, chaotischen Struktur der Schrottberge und den Schiffen und Kränen im Hintergrund. Die Perspektive ist ideal für unsere Zwecke, unser Kunde wird begeistert sein. Ich sehe hier großes Potential. Ein Wunder, dass das noch keiner entdeckt hat.«

»Aha!«, sagte der Alte und sah Lizzie mit zusammengekniffenen Augen an. Er hatte beide Hände in den Hosentaschen. Adam sah seine Partnerin an und hob verblüfft eine Augenbraue.

Lizzie hatte sich in Fahrt geredet. »Das weitläufige Gelände eignet sich perfekt für Fahrszenen. Und erst das Licht. Ist Ihnen schon aufgefallen, dass Sie hier ideale Lichtverhältnisse für Filmaufnahmen haben? Würde mich nicht wundern, wenn ihnen die Filmproduzenten nach unserem Spot die Bude einrennen.« Sie drehte sich um sich und machte einige Fotos mit ihrem Handy.

»Wenn Sie das sagen. Um welchen Autohersteller geht's denn?«, fragte der Mann.

»Das darf ich Ihnen leider noch nicht sagen, unser Kunde legt größten Wert auf Diskretion, Sie wissen ja, wie die sind.« Lizzie setzte eine Verschwörermiene auf. »Aber er kommt aus der Stuttgarter Gegend«, setzte sie mit einem Augenzwinkern nach.

»Und die wollen hier einen Werbespot drehen? Hier auf dem Schrottplatz? Das wär ja was. Aber billig wird das nicht. Ich muss ja meinen ganzen Betrieb darauf einstellen.«

»Das spielt keine Rolle. Für unseren Kunden ist das Ergebnis wichtig, Sie verstehen?« Lizzie zwinkerte ihm nochmals zu. »Das soll was ganz Besonderes werden, für Kino und Fernsehen. So ähnlich wie in den Transformers Filmen, aber das darf ich Ihnen eigentlich gar nicht erzählen. Wir müssten uns das Gelände mal genauer ansehen und ein paar Fotos machen, glauben Sie das geht? Sollten wir vielleicht mal den Chef fragen?«

»Der Chef bin ich, und na klar geht das. Wissen Sie, ich fahre auch ein Auto aus Stuttgart. Kommen Sie, ich zeige Ihnen alles.«

Gerade als sie losgehen wollten, schrillte eine Telefonklingel aus dem Büro. »Da muss ich ran, Kundschaft. Gehen Sie schonmal los, aber seien Sie vorsichtig, so ein Schrottplatz kann ziemlich gefährlich sein. Hier kann man sich überall verletzen. Ich übernehme keine Verantwortung. Und bleiben Sie von der Baracke da hinten links weg, die haben einige Internet-Typen als Büro gemietet, die sind ein wenig empfindlich. Die wollten eine besondere Location, um ihre Kreativität frei und ungestört zu entfalten. Spinner, aber sie zahlen gut. Schon seltsam, wer sich heutzutage alles für Schrottplätze interessiert.«

Adam sah Lizzie an, die seinen Blick mit einem leichten Schmunzeln erwiderte. »In der Tat, sehr seltsam«, sagte sie.

21

»Los komm, die Baracke«, sagte Lizzie. Sie eilten zu einem zweiflügeligen Holztor an der Stirnseite und lauschten. Adam drückte vorsichtig die rostige Türklinke herunter, die Tür öffnete sich sofort. Sie huschten in einen dämmrigen Abstellraum. Das einzige Fenster war seit Jahrzehnten nicht mehr geputzt worden. Es dauerte einige Sekunden, bis sich ihre Augen an das Dämmerlicht gewöhnt hatten.

»Kommt dir das hier bekannt vor?« Lizzie deutete auf ein schwarzes Motorrad, das an der rechten Seite stand.

»Jede Wette, dass das den Typen gehört, die meinen Volvo zerschossen haben«, antwortete Adam und machte ein Foto vom Nummernschild.

In der Ecke stand ein leeres Ölfass, daneben einige Kisten mit verstaubten Autoteilen. Der Fußboden war aus rohem Beton und peinlich sauber gefegt. An der Wand gegenüber des Eingangs war eine weitere Tür. Adam zeigte wortlos mit dem Finger darauf, Lizzie nickte kurz und ging zu der Tür. Sie deutete auf die Unterkante.

»Da ist Licht«, flüsterte sie. »Und ich höre Geräusche, da sind Leute.« Sie versuchte, durch das Schlüsselloch zu spähen, sah aber nichts. »Sollen wir?«

»Jetzt sind wir so weit gekommen, ich kehre jetzt nicht mehr um. Los, lass uns aufmachen.«

Lizzie öffnete die Tür einen Spalt und spähte hindurch. Dahinter schien ein großer, hell erleuchteter Raum zu sein. Sie konnte nur auf eine kahle Wand sehen. Adam nahm beherzt die Türklinke und zog die Tür ganz auf.

Vor ihnen lag ein weitgehend leerer Lagerraum, in dem bequem mehrere LKWs hätten parken können. In der Raummitte standen etwa zehn Schreibtische, die zu einem großen Tisch zusammengeschoben waren. Rund herum, dicht gedrängt, Stühle und Laptops. In der Mitte des Tisches ein unentwirrbarer Kabelsalat.

Die Wände waren mit weißen Folien behängt, so dass der Raum einen sehr sauberen Eindruck machte. Auch die Fenster waren bedeckt, das Licht kam aus Industrielampen an der Decke. Auf Stativen standen mehrere große Bildschirme. Auf einem flimmerte ein Nachrichtensender, auf einem anderen eine Art Anzeigetafel mit verschiedenen Diagrammen und Kennzahlen, die Adam aber nicht zuordnen konnte.

Noch ehe Adam sich fragen konnte, wer hier wohl arbeitete, kamen links und rechts von ihnen zwei Männer aus der Deckung. Einer von ihnen hielt Adam eine Pistole direkt vors Gesicht. Adam erkannte ihn sofort: Der kantige Mann mit den Stoppelhaaren, der sie beschattet hatte. Hinter ihm stand ein dunkel geklei-deter, grimmig aussehender Mann Ende 40 mit Glatze und Henriquatre-Bart, ebenfalls mit einer Pistole in der Hand.

»Mir scheint, wir werden erwartet«, sagte Adam. »Hat die Party schon angefangen?«

»Dir wird das Lachen gleich vergehen, Schnüffler«, sagte der Mann mit der Pistole.

»Na wenn das nicht unser unauffälliger Beschatter mit dem schwarzen BMW ist.« Adam sah ihn durch-dringend an. »Du hast Annabel Blum verfolgt, nicht wahr? Den Unfall hast du inszeniert. Sie liegt jetzt im Krankenhaus, im Koma. War's das wert? Sag schon!«

»Wo gehobelt wird, fallen Späne, mein Freund«, sag-te der Mann schulterzuckend. »Und du musst jetzt sehr aufpassen, dass du nicht auch einer davon wirst. Überleg dir also gut, was du sagst.«

»He, lass das«, rief Lizzie, als ein anderer sie grob am Arm packte und davon schleifte.

»Wir gehen jetzt mal nach da drüben in das hübsche Containerbüro, ihr werdet schon erwartet«, sagte der Bärtige und winkte Adam mit der Pistole hinüber. Der Stoppelhaarige packte Adam und schob ihn vorwärts.

Adam und Lizzie betraten das Büro. Es war schlicht eingerichtet. Grauer Kunststoffboden, einige Stühle, ein einfacher Schreibtisch und darauf ein Laptop. Am Schreibtisch saß eine blonde Frau, die Adam nur zu gut kannte.

»Sieh mal an, die geheimnissvolle Tessa Sax. Hat

uns die ganze Zeit was vorgemacht, ich hätte es mir denken können.«

»Ja, hättest du vielleicht, aber das Denken scheint ja nicht deine Stärke zu sein.« Sie grinste ihn hämisch an. »Setzt euch.«

Adam und Lizzie zögerten, aber der Bärtige stieß sie auf zwei Holzstühle, die an der Wand standen.

»So, so«, sagte Lizzie, »du bist also der Boss hier. Was treibt ihr hier eigentlich? Nach Schrotthandel sieht es nicht aus. Habt ihr hier ein illegales Callcenter? Verkauft ihr Zeitschriftenabos am Telefon an arme Omis?«

Tessa grinste Lizzie an. »Schätzchen, du hast keine Ahnung, mit wem ihr euch angelegt habt. Hier arbeitet ein Team von hochkarätigen Computerexperten. Was wir hier machen, ist weit jenseits von Callcenter.«

»Und dafür geht ihr über Leichen, nicht wahr?« Lizzie sah Tessa wütend an. »Ihr seid für den sogenannten Unfall von Annabel Blum verantwortlich. Ihr habt unser Büro verwüstet. Und wahrscheinlich habt ihr auch Daniel Caldera entführt. Oder arbeitet er für euch?«

»Sie ist deine Freundin, nicht wahr? Aber sie war zu neugierig, sie ist zum Risiko geworden. Und wir können uns keine Risiken leisten. Wir beseitigen sie.«

»Ihr Schweine«, rief Lizzie und wollte aufspringen. Der Bärtige stieß sie grob zurück auf ihren Stuhl.

»Du hältst jetzt besser die Klappe«, sagte er, »und bleib schön hier sitzen.«

»Ihr habt keine Chance, gebt's auf«, sagte Tessa. Sie stand auf, ging um den Schreibtisch herum und setzte sich auf die Tischkante, direkt vor Adam. Ihr kurzer Rock gab den Blick auf ihre endlos langen Beine frei. Adam schluckte.

»Tja, Adam, was hätte aus uns werden können. Aber du hast's nicht kapiert. Du bist zu langsam fürs Detektivgeschäft. Du bist halt auch nicht mehr der Jüngste. Hättest besser deine Pension genießen sollen. Den Rat hat dir schonmal jemand gegeben, nicht wahr?«

Adam dachte an seine Begegnung mit Alfred Ophoven im Fall Eddie Wilkens. »Das habe ich schon mehr als einmal gehört.« Er beugte sich nach vorne. »Wer bist du? Für wen arbeitest du? Und wieso habt ihr mir ein Streichholzbriefchen vom Epicure hinterlassen?«

»Ts, ts, ts«, machte Tessa und schüttelte den Kopf. »Diskretion, Adam. Diskretion ist das Wichtigste in meinem Geschäft. Ihr seid in eine Geschichte geraten, die weit größer ist, als ihr ahnt. Aber mehr werdet ihr nicht erfahren. Für euch wird's leider keine Fortsetzung geben.«

Adam blickte sie ungerührt an, richtete sich auf seinem Stuhl auf und fragte mit schneidender Stimme. »Wo ist Daniel Caldera? Was habt ihr mit ihm gemacht, wo habt ihr ihn hingebracht?«

»Nicht so neugierig«, sagte der Bärtige und ging einen Schritt auf Adam zu.

»Lass nur«, sagte Tessa, »Hunde, die bellen, beißen nicht. Und dieses spezielle Exemplar hier ist nicht halb so gefährlich, wie es glaubt.« Sie stand auf, stellte sich direkt vor Adam und strich ihren Minirock glatt. »Ihr werdet Caldera schon bald treffen.«

Sie ging zurück zu ihrem Stuhl, setzte sich und sagte mit einer verächtlichen Handbewegung: »Bringt sie weg. Sperrt sie in den Abstellraum, bis die Jungs so weit sind und sie abholen.«

Dann drehte sie sich wieder zu Adam: »Wir haben euch ein hübsches Zimmer vorbereitet, dort könnt ihr euch etwas ausruhen, während wir ein kleines Unterhaltungsprogramm für euch vorbereiten. Ich hoffe, der Zimmerservice hat alle Ratten beseitigt.«

Die beiden Männer packten Adam und Lizzie und führten sie ab. Sie stiegen eine Treppe hinunter in einen Keller. Dort wurden sie in eine fensterlose Kammer gestoßen. Als sich die Stahltür schloss, war der Raum völlig ohne Licht. Sie hörten, wie sich ihre Bewacher entfernten, dann war es still. Es war kein Geräusch mehr von draußen zu hören.

22

»Na super, das war ja mal ein voller Erfolg«, sagte Lizzie ins Dunkel. »Die haben wir so richtig aufgemischt. Davon werden die sich so schnell nicht mehr erholen. Und wie kommen wir hier jetzt wieder raus?«

»Schön, dass du deinen Humor nicht verloren hast. Zuerst mal brauchen wir mal etwas Licht«, sagte Adam und zündete ein Streichholz an. »Tataaa!«

»Hey, wo hast du die jetzt her?«, rief Lizzie überrascht.

»Das Streichholzbriefchen vom Epicure, dass die beim Einbruch ins Büro hinterlassen haben. War wohl als Warnung oder Einschüchterung gedacht. Haben die glatt übersehen, als sie mich eben durchsucht haben.«

Der Raum war ungefähr 50 Quadratmeter groß und voller Gerümpel. Es roch nach Öl und Moder, offenbar war der Raum nur schlecht belüftet. Eine Menge Kisten standen herum, die wohl vor langer Zeit einmal gestapelt worden waren und dann irgendwann umgestürzt sind. Autoteile, leere Kanister, alte Aktenordner, allerlei Gerümpel.

»Recht ungastlich hier«, sagte Adam.

»Eine wahre Fundgrube«, erwiderte Lizzie. »Das wäre doch gelacht, wenn wir hier nicht irgendetwas finden würden, das uns weiterhilft.«

Nachdem Adam ein neues Streichholz angezündet hatte, entdeckte Lizzie einen Kanister mit Lösungsmittel. Mit einem alten Lappen und einer leeren Ölkanne baute sie eine Lampe.

»Riecht furchtbar, aber macht Licht. Ich fürchte, wir haben nicht allzu viel Zeit. Mit dieser Beleuchtung hier wird uns bald die Luft ausgehen.«

Sie durchsuchten den Raum nach Fluchtmöglichkeiten.

»Wieso eigentlich immer dieses Epicure?«, fragte Lizzie.

»Das war das Restaurant, vor dem meine Partnerin erschossen wurde, hatte ich dir doch erzählt.«

»Schon klar, aber was hat das hiermit zu tun. Ich versteh's nicht.«

»Ich ehrlich gesagt auch nicht. Aber ich hatte immer den Verdacht, dass sich in dem Restaurant einige Größen der Wirtschaft und der organisierten Kriminalität getroffen hatten ...«

»Was ja oft aufs Selbe rauskommt.«

»Und vermutlich hat das auch irgendwie mit Calderas Verschwinden und der ITAS zu tun. Vielleicht stecken einige dieser Leute hier auch mit drin.«

»Glaubst du, Ophoven hat auch was mit der ganzen Sache zu tun?«

»Wundern würde mich das nicht. Wir müssen mal in diese Richtung recherchieren.«

»Wenn wir hier jemals lebend rauskommen«, sagte Lizzie nachdenklich. »Ich glaube, die haben Caldera umgebracht und als Nächstes sind wir dran. Das hat Tessa vermutlich eben gemeint, als sie sagte, wir würden Caldera bald sehen.«

»Das hat sie sich sicher so gedacht, aber noch können wir uns wehren.« Adam wühlte weiter, während Lizzie versuchte, mit einem Draht das Türschloss zu knacken.

»Scheiße!«, rief Lizzie.

»Wie bitte?«

»Ich kriege dieses blöde Schloss nicht auf, es ist zu verrostet. Und ich habe mich verletzt.« Lizzie stand auf und wischte sich einen blutigen Finger an ihrem T-Shirt ab. »Und jetzt lass uns bitte zusehen, dass wir hier rauskommen. Hast du eine Idee? Mir fällt nämlich nichts weiter ein.«

»Hier ist noch eine Tür«, rief Adam aufgeregt und räumte einige Kisten zur Seite. »Und sie ist nicht mal abgeschlossen.«

Adam öffnete die Tür und war enttäuscht. »Sackgasse, nur der Elektroraum. Hier gibt's nur altmodische Sicherungskästen, kein Weg nach draußen.«

23

»Der Elektroanschlussraum! Jackpot!« Lizzie sprang in die Luft und klatschte wie ein Kind vor dem Weihnachtsbaum in die Hände.

»Ich verstehe nicht ...« Adam sah sie mit großen Augen an. »Was soll jetzt an ein paar alten Sicherungen so toll sein?«

»Nun sieh doch. Das ist ein uralter Anschlussraum mit fast schon antiken Sicherungen. Wir können ihnen jetzt den Saft abdrehen. Dadurch zwingen wir sie, hier herunterzukommen. Und dann rösten wir sie. Mit dem Kabelzeugs, das hier herumliegt, kann ich die Tür und den Fußboden unter Strom setzen. Das wird der perfekte Elektrogrill. Los, sieh dich um, wir brauchen Drähte, Kabel, alles, was wir finden können. Je dicker, desto besser.«

Hektisch durchsuchten sie das Gerümpel nach Kabeln, von denen zum Glück einige zu finden waren. Sie fanden sogar eine Rolle Stacheldraht.

»Perfekt«, sagte Lizzie. »Wir brauchen noch Wasser. Damit musst du den Fußboden um die Tür herum befeuchten.«

»Da hinten in der Ecke ist eine Wasserpfütze, das

sollte reichen.«, erwiderte Adam. Er fand einen alten, öligen Lappen und verteilte damit das Wasser rund um die Tür. Lizzie legte den Stacheldraht auf den feuchten Beton und verband einige Kabel mit der Rolle.

»Ich glaube, wir müssen uns beeilen«, sagte Adam. »Die Luft wird immer schlechter und ich weiß nicht, wie lange wir den Mief von unserer Lösungsmittel-lampe noch aushalten.«

»Ich hab's gleich, nur eine Minute noch«, rief Lizzie. Sie fummelte hektisch mit den Kabeln herum. »Leg hier mal dick Papier aus den Aktenordnern aus, da stellen wir uns gleich drauf zur Isolation. Und wenn's gleich losgeht, fass nichts an!«

»Meinst du, das kann uns gefährlich werden?«

»Du meinst, wenn ich hier gleich Starkstrom aus einem antiken Sicherungskasten durch einige proviso-risch verbundene Kabel und eine alte Stacheldrahtrol-le auf die Tür und den feuchten Fußboden leite und dabei auch noch die Sicherungen überbrücke und das Netz überlaste?« Lizzie grinste. »Völlig ungefährlich. Aber wie gesagt, fass nichts an und bleib auf dem Pa-pierstapel stehen bis ich dir was anderes sage.«

»Na, ich hoffe, du weißt, was du tust.«

»Ein Elektrofachmann würde mir wahrscheinlich jetzt abraten. Aber zum Glück ist keiner hier. So, wir sind so weit. Ich schalte jetzt den Strom ab, die werden erst mal ganz schön doof gucken und nach ein paar Minuten hier auflaufen.«

Lizzie legte langsam und genüsslich mit einem lauten Klack den Hauptschalter um. »Jetzt sollten da oben die Lichter ausgegangen sein.« Dann drehte sie eine Keramiksicherung heraus und überbrückte sie mit einigen Kupferdrähten. Als Nächstes schloss sie die Kabel zur Tür und zum Stacheldraht direkt am Sicherungskasten an.

»Na, wenn das mal gut geht«, bemerkte Adam.

»Nun, das soll es ja gerade nicht. Wir wollen ja ein hübsches Feuerwerk veranstalten.«

»Du hast plötzlich so einen irren Blick, muss ich Angst kriegen?«, fragte Adam. Dann hob er plötzlich die Hand. »Still! Hörst du?«

Auf der Treppe waren Schritte zu hören. Adam signalisierte Lizzie mit den Fingern die Zahl Zwei. Lizzie nickte. Sie hörten ein Rumpeln und dann einen lauten Fluch. Adam grinste. Dann drehte sich der Schlüssel im Türschloss, die Tür bewegte sich langsam. Der Lichtkegel einer Taschenlampe schien in den Raum. Adam und Lizzie hielten Augenkontakt.

Als die Tür sich halb geöffnet hatte und der Bärtige gerade den Raum betrat, nickte Lizzie Adam zu, dann legte sie den Hauptschalter um und schaltete den Strom wieder ein. Ein Knall und ein Blitz erfüllten den Raum, Funken flogen in alle Richtungen, überall war plötzlich Qualm. Die Männer an der Tür zuckten einige Sekunden lang, dann blieben sie reglos liegen. Der Gestank von geschmolzenem Kunststoff und verbranntem Fleisch erfüllten den Raum. Lizzie schaltete den Strom wieder ab. Das Gerümpel in dem Raum hatte bereits Feuer gefangen.

»Raus jetzt, schnell, lauf!«, rief sie.

Sie sprangen über die reglosen Männer. Adam nahm dem Bärtigen die Taschenlampe und die Pistole aus der Hand.

Sie rannten die Treppe hoch. Aus dem Container-büro schlugen bereits Flammen und züngelten an der Wand der Holzbaracke hoch. Einige der Computer auf dem großen Tisch qualmten. Die großen Monitore waren schwarz.

Überall im Gebäude war Rauch, Menschen rannten in Panik herum. Adam und Lizzie schafften es aus dem verqualmten Gebäude und standen auf dem Hof des Schrottplatzes. Der Besitzer des Schrottplatzes stand wie versteinert vor der brennenden Baracke und sah sie fassungslos an.

»Da läuft Tessa, ich schnappe sie mir«, rief Lizzie und rannte los.

Tessa sah sie kommen und warf ein herumliegendes Metallstück nach ihr. Lizzie wich geschickt aus und stürmte weiter. Plötzlich stolperte Tessa. Lizzie nutzte ihre Chance und warf sich auf sie.

»Hiergeblieben«, schrie sie und drückte Tessas Gesicht auf den Boden, bis sie keinen Widerstand mehr leistete.

Einige Sekunden später war Adam zur Stelle und half zuerst Lizzie auf. Dann hob er Tessa hoch und hielt ihr die Hände auf den Rücken. Irgendjemand musste bereits die Feuerwehr gerufen haben, es waren Sirenen zu hören. Ein Streifenwagen und ein Zivilfahrzeug der Polizei fuhren nacheinander auf den Hof des Schrottplatzes. Adam sah Claire aus dem Zivilfahrzeug aussteigen.

»Adam, lass mich gehen«, rief Tessa. »Ich kann dir nützlich sein.«

»Du gehst nirgendwo hin, höchstens in den Knast. Und wenn du nützlich sein willst, sag mir sofort, wo Daniel Caldera ist.«

»Oh Mann, Adam, du hast's noch immer nicht kapiert, bei dir ist wirklich Hopfen und Malz verloren.« Tessa grinste ihn mit gespielter Verzweiflung an.

»Wo ist er, sag es mir!«, schrie er. Adam war wütend, er schüttelte Tessa heftig und hätte ihr fast den Arm gebrochen. Im letzten Moment ging Claire dazwischen.

»Adam, lass gut sein. Wir übernehmen jetzt«, sagte sie. »Tessa Sax, oder wie auch immer Ihr richtiger Name ist, Sie sind verhaftet wegen der Entführung von Daniel Caldera.«

Adam sah Tessa wütend an, überließ sie dann aber Claire, die ihr Handschellen anlegte. Zwei ihrer uniformierten Kollegen führten sie ab.

Nach wenigen Schritten drehte Tessa sich zu Adam um. »Du glaubst, du hast gewonnen. Es dauert keine 24 Stunden, dann hat mein Boss mich wieder rausgeholt. Ein Anruf genügt. Und Caldera kannst du vergessen, den werdet ihr nie finden.«

Adam wollte auf sie losstürmen. Lizzie hielt ihn im letzten Moment zurück.

»Es ist noch nicht vorbei, Adam Starck«, rief Tessa und versuchte vergeblich, sich aus dem Griff der Polizisten zu befreien. »Es ist noch nicht vorbei.«

»Ganz sicher nicht«, zischte Adam. Claire und Lizzie sahen ihn fragend an.

24

Am nächsten Abend trafen sich Adam und Lizzie mit Claire im Kommissariat. Der Empfang war diesmal deutlich freundlicher als beim letzten Mal. Einige seiner ehemaligen Kollegen hatten Adam sogar gegrüßt. Lehmann hatte sich im Vorbeigehen bei ihnen für die Unterstützung der Polizei bedankt. Edmond hatte immerhin geschwiegen, was aus Adams Sicht das Beste war, das er erwarten konnte.

»Und wie sieht's aus? Hat sich Tessas Boss gemeldet, um sie rauszuholen?«, fragte Lizzie. »Ist eine Armee von hochbezahlten Anwälten über euch hergefallen?«

»Hatten wir eigentlich erwartet. Aber nein, ganz im Gegenteil«, antwortete Claire. »Auf sie ist in Untersuchungshaft heute Morgen ein Giftanschlag verübt worden. Irgendjemand hat ihr was ins Frühstück gemischt. Ein Kollege konnte gerade noch rechtzeitig den Notarzt rufen. Wir untersuchen noch, wie das passieren konnte. Die Ermittlungen laufen auf Hochtouren. Immerhin scheint sie dadurch kapiert zu haben, dass ihr Boss sie nicht retten wird.«

»Tja, Pech gehabt«, grinste Adam voller Schadenfreude.

»Und gut für uns«, fuhr Claire fort. »Kurz nach dem Anschlag hat sie auf der Krankenstation ein volles Geständnis abgelegt. Sie ist jetzt bereit, unsere Ermittlungen zu unterstützen und als Kronzeugin auszusagen.«

»Gegen ihren geheimnisvollen Boss?«, fragte Adam. »Habt ihr schon rausgekriegt, wer das ist?«

»Kann ich dir nicht sagen, das ist jetzt wirklich geheim.« Claire zuckte mit den Schultern. »Ermittlungstaktische Gründe, du kennst das.«

»Und was hat sie sonst gesagt? Jetzt mach's nicht so spannend!«, drängte Adam.

»Daniel Caldera ist tot, schon seit Wochen«, berichtete Claire. »Sie haben ihn entführt und sofort mit einer Giftspritze ermordet. Seine Leiche wurde auf dem Schrottplatz mit einem Autowrack zu einem handlichen Quader zerquetscht. Und der ist inzwischen wahrscheinlich in einem Stahlwerk in Polen eingeschmolzen worden. Es gibt keinerlei Spuren, sie waren wohl sehr gründlich. Sie hatten nie Interesse an Caldera selbst oder an seinem Know-how. Bei der ganzen Entführung ging es darum, seine Identität zu stehlen und seine Systemzugänge zur ITAS. Da er allein lebte und auch sonst in Hamburg nicht allzu viel Anschluss hatte, war er das ideale Opfer. Die ganze Hackergruppe, die ihr hochgenommen habt, hatte keinen anderen Auftrag, als so zu tun als sei sie Daniel Caldera und dabei die ITAS auszuspionieren. Sie haben seine Arbeit gemacht, seine Social Media Aktivitäten nachgeahmt, in seinem Namen eingekauft, Bankgeschäfte gemacht und so weiter. Sie haben sogar an Videokonferenzen teilgenommen und mit Deep Fake Technologie Caldera simuliert. Eine feindliche Übernahme eines ganzen Lebens. Irgendwie gruselig, nicht wahr? Sie nannten es Projekt Bodysnatch. Und wenn Annabel nichts bemerkt hätte, wären sie glatt damit durchgekommen.«

»Beängstigend. Man kann sich fragen, wie viele Fälle es gibt, in denen sowas schon gelungen ist. Aber was wollten die von einer Steuerberatungsfirma?«, fragte Adam. »Ich meine, ich hätte verstanden, wenn sie eine Bank, ein Rüstungsunternehmen oder eine Hightech Firma ausgespäht hätten – aber Steuerberater? Was soll daran denn bitte interessant sein?«

»Das ist sogar höchst interessant«, warf Lizzie ein. »Steuerberater haben Zugriff auf die komplette Buchführung einer Firma und auf viele wichtige Verträge. Sie wissen praktisch alles. Jede noch so kleine Transaktion taucht irgendwie in der Buchführung auf. Jeder Rohstoff, der eingekauft wird, jede Maschine, jede Immobilie, alle Mitarbeiter, Kunden und Lieferanten. Sogar Schmiergelder. Richtig interpretiert, verrät eine Buchhaltung, was eine Firma tut und auch, was sie in Zukunft vorhat. Wettbewerber können mit diesen Daten Strategien erkennen. Wer eine Firma übernehmen will, kann ihre Stärken und Schwächen analysieren, Shortseller können sich neue Opfer suchen und so weiter. Solche Daten sind auf dem Schwarzmarkt wertvoller als pures Gold.«

»Ganz genau«, sagte Claire. »Und die Idee von Tessas Truppe, die Identität eines Systemadministrators zu stehlen, der auf alle Systeme Zugriff hat, ist schon ziemlich genial. Sie waren auf dem besten Weg sich dauerhaft eine wertvolle Informationsquelle zu erschließen. Und sie haben das auch ziemlich geschickt gemacht. Immerhin hatten sie fast zehn Leute im Einsatz, um ihren Fake-Administrator zum Leben zu erwecken. Und durch die komplizierten Vertragsverhältnisse im IT-Bereich wäre das wahrscheinlich nie aufgefallen. Das Einzige, womit sie nicht gerechnet haben, war deine Freundin Annabel.«

»Nicht schlecht«, sagte Adam. »Da muss man mal drauf kommen. Und was passiert jetzt mit Tessa?«

»Das ist übrigens nicht ihr richtiger Name. Der bleibt geheim. Wir stecken sie in ein Zeugenschutzprogramm. Nach ihrer Aussage vor Gericht wird sie einfach verschwinden. Wir werden nie wieder von ihr hören.«

Adam lehnte sich zurück. »Dann war's das also? Caldera tot, Annabel im Krankenhaus und Tessa fängt fröhlich ein neues Leben an?«

»Glaub mir, das kann sich für die Staatsanwaltschaft lohnen. Tessas Boss ist ein ziemlich dicker Fisch. Ich darf dir nichts verraten, aber du kennst ihn. Und sie liefert uns erstklassige Informationen.«

»Du meinst . . . «

»Nicht hier«, unterbrach Claire Adam.

»Was anderes«, warf Lizzie ein. »Habt ihr etwas von Annabel gehört? Ich habe schon mehrmals im

Krankenhaus angerufen, aber die geben mir keine Auskunft.«

»Sie ist ziemlich schwer verletzt«, sagte Claire. »Sie liegt noch immer im Koma. Die Ärzte geben ihr gute Chancen durchzukommen, aber sie sagen auch, dass es ein langer Weg wird. Ihre Mutter kümmert sich um sie, ich kann dir gleich ihre Telefonnummer geben.«

Adam und Lizzie verabschiedeten sich wenig später und traten vor die Tür des Kommissariats. Die Abendluft war erstaunlich mild.

»So, Herr Kollege. Wir haben unseren ersten, richtigen Fall gelöst«, sagte Lizzie. »Lass uns feiern gehen.«

»Na ja, es wird uns allerdings keiner dafür bezahlen«, sagte Adam.

»Spaßbremse! Wir können uns ja ab morgen wieder um unseren Installateur kümmern, dann kommt auch mal Geld in die Kasse.«

»Ach egal, lass uns in die Schanze gehen und was trinken. Ich geb einen aus. Ich muss ja nicht mehr fahren, hab ja kein Auto mehr.«

»Was hältst du davon, wenn wir uns morgen einen neuen Firmenwagen kaufen. Den suche allerdings ich aus. Du würdest nur wieder so einen langweiligen Kombi anschleppen.«

»Aha, und an was dachtest du denn? Ich hoffe an etwas Unauffälliges, wie es sich für Detektive gehört.«

Lizzie grinste Adam an. »Keine Sorge, natürlich etwas, womit deine Generation auch was anfangen kann. Eher etwas Stilvolles, sowas wie das Bluesmobil oder wie Ecto-1 vielleicht.«

Vorschau

Kalte Übernahme

Der dritte Fall für Adam Starck & Partner

An einem sonnigen Frühsommermorgen rast ein Auto in den Außenbereich eines Cafés. Ein Gast des Cafés kommt dabei ums Leben, der Fahrer des Autos fällt ins Koma. Die Ermittlungen der Polizei ergeben eine Trunkenheitsfahrt, der Fall wird schnell abgeschlossen.

Einige Tage später kommt die Ehefrau des Opfers in die Detektei Adam Starck & Partner. Sie glaubt nicht an einen Unfall, sondern vermutet einen gezielten Anschlag auf ihren Mann.

Adam und Lizzie beginnen zu ermitteln. Nach und nach entdecken Sie Hinweise, dass mehr hinter dem Vorfall steckt als nur ein normaler Verkehrsunfall. Sie ahnen nicht, dass sie selbst bereits im Fadenkreuz stehen ...

Bisher in der Adam Starck Serie erschienen

Eddies Coup

Der erste Fall des Privatdetektivs Adam Starck

Eines Morgens entdecken der pensionierte Kriminal-kommissar Adam Starck und die punkbegeisterte Computerexpertin Lizzie Schmidt die Leiche ihres Nachbarn Eddie in dessen Wohnung. Für die Polizei ist die Sache schnell klar: Ein Junkie wurde bei einem Einbruch überrascht und hat den Wohnungsbesitzer ermordet.

Doch Adam und Lizzie ahnen, dass mehr hinter der Sache steckt. Sie beginnen eigene Ermittlungen und geraten schnell in gefährliche Verflechtungen zwischen Politik, Polizei und einem rätselhaften Geschäftsmann. Immer mehr wird klar, dass Eddie alles andere war als der harmlose Student, für den ihn alle gehalten haben.